九龍天下

구룡천하

도검
신무협 장편 소설

5

구룡각성

뿔미디어

구룡천하　5권 구룡각성

1판 1쇄 찍음 2007년 10월 25일
1판 1쇄 펴냄 2007년 10월 27일

지은이 | 도 검
펴낸이 | 정 필
펴낸곳 | 도서출판 뿔미디어

출판등록 | 2002년 9월 11일 (제1081-1-132호)
주소 | 부천시 원미구 심곡2동 163-2 3층 (우)420-822
전화 | 032)651-6513,6092,6093 / 팩시밀리 032)651-6094
E-mail | BBULMEDIA@paran.com

값 8,000원

ISBN 978-89-5849-613-7 04810
ISBN 978-89-5849-532-1 04810 (세트)

5권
구룡각성

九龍天下

목차

第一章
내가 구룡천부의 부주다

수많은 인간들이 모이다 보면 약삭빠른 인간들이 끼어 있기 마련이다. 그게 무인들이라고 다르지 않다.

화가장(華家莊)의 화이문은 처음부터 싸움에 끼어들지 않았다.

상대적으로 전력이 떨어지는 화가장으로서는 그것만이 세를 유지하는 길이라 판단한 것이다.

그는 팔십여 명의 수하들을 대기시킨 채 돌아가는 상황을 지켜봤다. 그리고 그가 어떠한 결단을 내리는 데는 그리 오래 걸리지 않았다.

채 반 시진이 되기도 전에 상황이 종국을 향해 치달아 가고 있었기 때문이다.

화이문은 화가장의 무인들을 전장에 투입시켰다.

물론 선두가 아니었다.

가장 안전하다고 판단되는 후미 쪽이었다.

화가장의 무인들은 화이문의 지시에 따라 일천에 달하는 무리들의 후미로 따라붙었다.

그 순간 전방에서 청광이 번쩍였다.

놀란 화이문의 눈이 휘둥그레 떠졌다.

'뭐냐? 벌써 기운을 차린 거냐? 말도 안 돼!'

구천신룡은 소문 이상으로 엄청난 신위를 보였다.

홀로 개방의 타구진을 상대할 정도였으니, 더 말해 봐야 입만 아플 터.

거기다 용맹하기 짝이 없는 그의 동료들.

전부 합쳐 봐야 삼십도 되지 않을 숫자였다. 한데 그들은 이천이라는 숫자를 상대로 전혀 위축되지 않았다.

구천신룡과 그의 동료들로 인해 족히 일천은 죽었으리라.

정말 믿을 수 없는 일이었다.

하나 저들도 결국엔 인간임이 드러났다.

구천신룡이 피를 토한 것이다. 유인계 따위가 결코 아니었다.

마지막 격돌은 그만큼 엄청난 것이었다.

살아남은 것 자체가 놀라울 정도였다.

그랬기에 화이문은 놀란 가슴을 진정시키며 전장으로 뛰어들었다.

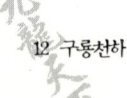

한데 청룡이라니?

그 짧은 순간에 공력을 회복했단 말인가?

두 눈으로 똑똑히 확인해야 했다.

화이문은 서늘해진 가슴을 안고 허공으로 신형을 뽑아 올렸다.

그리고 보았다.

청광이 둘러싼 안쪽에 구천신룡이 여전히 가부좌를 틀고 있는 것을.

화이문의 입에서 안도의 한숨이 흘러나왔다.

'후후후! 그러면 그렇지.'

구천신룡의 주변을 살핀 화이문은 이내 지면으로 내려섰다.

얼굴에 희색이 만연했다.

아직 구천신룡의 동료들이 남아 있었기 때문이고, 최소한 오백 정도는 더 상대할 수 있을 것이 분명해 보였기 때문이다.

어쩌면 그 이상일지도 모른다. 궁지에 몰리면 쥐도 고양이를 무는 법이니까.

이 말도 안 되는 혈전이 끝나는 순간 또 다른 싸움이 시작될 터였다.

가장 중요한 순간이다.

진정한 구룡신기의 주인이 가려질 테니까.

화가장은 그때까지 전력을 고스란히 유지할 터였다. 그리고 진정한 구룡신기의 주인이 될 것이다.

지치고 지친 오백 이하의 숫자. 반면 화가장의 정예는 멀쩡한 상태.

결국 화가장을 주축으로 세력 판도가 바뀌는 것이다.

화이문의 얼굴에 희색이 만연해진 이유였다.

하나 바람은 결국 바람일 뿐인가?

두두두두!

지축을 뒤흔드는 말발굽 소리.

화이문이 움찔 놀라며 화급히 돌아섰다.

돌아선 그의 두 눈이 급격히 커졌다.

*　　　*　　　*

뚝! 뚝!

붉은 핏물이 쉴 새 없이 떨어지고 있었다.

감아 놓은 하얀 무명천은 붉은 핏물로 물든 지 이미 오래였다.

뼈가 아리는 듯한 통증이 멈추지 않고 압박해 온다.

이러다 아주 망가지는 건 아닌지…….

힐끔 돌아보니 여전히 운기 중이다.

주위로 청룡들이 유영하듯 휘돌고 있다. 마치 호법을 서는 것처럼 느껴졌다.

그런 것일지도······.

여하튼 대단한 놈임에는 확실하다.

그리고······ 지켜 줄 가치가 있는 놈이다.

씨—익!

좋지 않은 상황에도 웃음이 절로 난다.

전방을 향해 돌아선 하후량이 기세를 크게 일으키며 큰 소
리로 외쳤다.

"이놈들! 내가 철혈신룡이다!"

쩌렁하니 울리는 일갈에 맞추어 그의 몸 밖으로 날카로운
기세가 노도와 같이 쏟아져 나왔다.

적들의 투기는 움찔 놀랐고, 동료들의 투기는 끓어올랐다.

하후량은 그에 그치지 않고 한 발을 앞으로 내밀고는 거칠
게 진각을 밟았다.

쿠—웅!

순간, 쇄도해 오는 개방 걸개들과의 공간이 출렁했다.

걸개들의 눈에 경계의 빛이 떠오른 순간, 피에 절은 하후량
의 양손이 대기를 거칠게 두들겼다.

촤아아악!

대기가 물결처럼 파동 치며 쇄도해 오던 걸개들을 해일처
럼 휩쓸어 갔다.

"조심해라!"

"피하지 마라. 동시에…… 크아악!"

대여섯 명이 한꺼번에 피떡이 되어 날아갔다.

뒤쪽의 걸개들이 거기에 부딪쳐 줄줄이 나뒹굴었다.

하나 달려드는 걸개들을 물러나게 만들지는 못했다.

지금이 아니라면 기회가 없을지도 모른다는 의식이 그들의 머릿속에 가득했던 것이다.

걸개들은 쓰러진 자들을 뛰어넘어 곧장 덮쳐 왔다.

파방! 차—앙! 퍼퍽!

동시 다발적으로 부딪쳤다. 그리고 걸개들이 나뒹굴었다.

하나 뒤쪽의 걸개가 빈자리를 빠르게 메우며 달려들었다.

그리고 그 걸개들 역시 같은 운명을 맞이했다.

파방! 차—앙! 퍼퍽!

홍동곽, 하후량, 검무양, 요심개, 요령, 그리고 소이종을 비롯한 아홉 명의 무사들.

모두들 비장한 얼굴로 망설임 없이 살수를 가했다.

눈앞에 어지럽게 움직이는 타구봉과 지저분하기 짝이 없는 누더기. 이젠 개방의 이름 따윈 중요하지 않았다.

죽이지 못하면 죽는다.

버티지 못하면 죽을 수밖에 없었기 때문이다.

촤아악!

하후량의 날카로운 도첨장이 짓쳐드는 걸개들을 사정없이

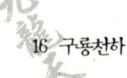

갈라놓았고, 가끔씩 전방으로 튀어나갔다 돌아오는 검무양의 선풍검이 대여섯 명의 걸개들을 한꺼번에 잘게 다져 놓았다.

요심개와 요령은 특유의 경신법으로 귀신처럼 다가가 금황장의 일장을 먹여 놓았다.

홍동곽은 어디서 대도 하나를 주워 와 지면에 단단하게 박아 놓고는 한 손으로 움켜쥔 채 대도 주위를 돌풍처럼 선회하며 적들이 다가들지 못하게 했다.

붉은 핏물이 땅을 적시다 못해 마침내 흐르기 시작했고, 뜨거운 열기가 악전고투를 치르는 이들의 투기를 점점 더 뜨겁게 달궈 놓았다.

하나 둘 시체가 늘어나자 걸개들로서는 시체들을 뛰어넘어 달려들 수밖에 없었다.

그런 상황이 하후량 등에겐 유리하게 작용했지만, 그것으로도 극복하기 어려운 치명적인 약점이 드러나기 시작했다.

"후욱! 후욱!"

격한 호흡, 갈수록 둔해져 가는 움직임, 그리고 비 오듯 흘러내리는 땀. 근육은 쉬게 해 달라고 아우성을 질렀고, 내력은 고갈되기 직전이었다.

한마디로 지친 것이다.

검무양과 요심개만이 아직은 여유가 있는 정도에 불과했다.

하후량 또한 한계를 넘어선 지 이미 오래였다.

그의 좌수는 이미 너덜너덜해져 있어, 그의 걱정대로 아주 망가지는 것은 아닐지 의문일 정도였다.

"죽어라!"

뭉툭한 타구봉이 폭급한 기세로 날아들었다.

달려드는 걸개의 격분이 고스란히 담겨 있는 격렬한 일격이다.

"지랄, 이거나 처먹어라."

호통과 함께 하후량의 우수가 타구봉을 쳐올렸고, 너덜너덜해진 좌수가 빈 공간을 가르며 핏물을 흩뿌렸다.

"크악!"

목이 찢어지는 듯한 비명과 함께 걸개의 가슴이 크게 갈라졌다.

하후량은 뜨거운 핏물을 고스란히 뒤집어썼다.

사단이 벌어진 건 바로 그때였다.

쐐—액! 쐐액! 쐐액! 쐐액!

공간을 꿰뚫는 날카로운 파공성.

양쪽에 늘어서 있는 거각들의 지붕을 타고 움직이는 이들이 있었는데, 그중 일부가 지붕에서 내려오기도 전에 온갖 암기들을 발출한 것이다.

생각지도 않은 암기 세례, 더 큰 문제는 그 모두가 용소진에게로 집중되었다는 것이다.

"검 형!"

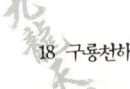

하후량의 부름에 검무양이 용소진의 우측으로 몸을 날렸다.

그와 동시에 반대편으로는 홍동곽이 대도를 뽑아 들고는 빠르게 움직였다.

검무양의 검이 돌개바람인 양 선풍을 일으키며 우측을 휩쓸자 암기들이 산산이 조각나거나 왔던 곳으로 도로 팅겨졌다.

그와 동시에 홍동곽은 대도를 용소진의 좌측 땅에다 쑤셔 박고는 한 손으로 대도의 손잡이 부분을 단단히 움켜쥐며 날아드는 암기들을 향해 몸을 띄웠다.

투투투퉁!

암기 세례를 몸으로 받아 낸 것이다.

그렇게 갑작스런 공세를 막아 냈다.

하나 두 사람이 몸을 빼는 바람에 전방을 막던 동료들의 부담이 배로 증가하는 사태가 벌어졌다.

그뿐이 아니었다.

양쪽 지붕을 타고 넘어온 수많은 적들이 어느새 후방으로 내려서서는 완벽한 포위망을 구축해 버렸다.

앞도 뒤도 빽빽하게 들어찬 적들.

어느 한쪽으로 치고 나갈 수도 없거니와 모두를 감당하기엔 몸 상태가 너무나 좋지 않았다.

지붕을 타고 속속들이 내려서는 적들을 바라보는 검무양과 홍동곽의 얼굴이 딱딱하게 굳어 갔다.

그때 그런 상황을 알아챈 하후량의 움직임이 격렬해졌다.

츄아아악!

하후량에게 달려들던 걸개가 두 눈을 부릅뜬 상태로 몇 걸음 달려오더니 양쪽으로 쫘악 갈라졌다.

붉은 핏물이 폭포수처럼 쏟아지며 새하얀 김이 뭉클 피어났다.

"와 봐, 이 거지새끼들아! 배를 갈라 내장을 끄집어내 줄 테니까!"

시뻘건 핏물을 온통 뒤집어쓴 채로 두 눈을 부라리며 윽박지르는 하후량의 모습은 피에 절은 악귀를 보는 것 같아 섬뜩하기 짝이 없었다.

하나 이미 악에 받칠 대로 받치긴 개방의 걸개들도 마찬가지였다.

"오냐! 이 마귀 같은 놈아! 나부터 갈라 보아라!"

조금 나이가 들어 보이는 걸개가 악을 쓰며 달려들었다.

그에 하후량이 더욱 광포하게 날뛰었다.

"오냐, 이 거지새끼야."

하후량이 악을 쓰며 피에 절은 양손을 날카롭게 휘저었다.

스걱!

하후량의 오른손에 막힌 타구봉이 허공에서 주춤한 순간, 소름 끼치는 소리와 함께 누군가의 잘린 팔이 핏물을 흩뿌리며 허공으로 튀어 올랐다.

"크허헉!"

팔이 잘린 걸개가 비명과 함께 빠르게 물러났다.

"이 개자식아, 갈라 달라며 어딜 가느냐?"

하후량이 핏물을 사방으로 튀기며 바락바락 악을 썼다.

미친 듯한 하후량의 기세에 걸개들의 투기가 일순 흔들렸고, 그 덕에 일행들은 잠깐에 불과할지언정 호흡을 다스릴 수 있었다.

"하악! 하악!"

입에서 단내가 나는 것을 느낀 요령은 금방이라도 주저앉고 싶었다.

세상 좁다고 돌아다니던 양다리가 경련을 일으키고 있었다.

너무나 힘들었다.

목숨을 버리더라도 지금은 주저앉아 쉬고만 싶어졌다.

'설마 죽이기야 하겠어?'

말도 안 되는 속삭임이 자꾸만 부추기고 있었다.

잠깐의 여유가 있어 뒤를 슬쩍 바라보니 용소진은 여전히 가부좌를 틀고 있었다.

무얼 믿고 이런 전장의 한복판에서 저러고 있는지 알 수가 없었다.

어쩌면 당연했다.

사고방식이 다르기 때문이다.

상황에 따라서는 얼마든지 물러설 수 있다고 여기는 요령으로서는 적들을 두고 물러서지 않으려는 용소진의 굳은 결의를 이해할 수가 없을 수밖에.

좀 더 시선을 움직이니 땅에 박아 놓은 대도를 붙잡고 허공으로 몸을 둥실 떠올린 채 적들을 노려보고 있는 홍동곽의 뒷모습이 보였다.

'킥킥킥! 바보!'

왜일까?

항상 바보처럼 느껴진다.

어쩌면…… 아씨, 힘들어 죽겠는데 왜 자꾸만…….

으다다다다! 몰라! 몰라! 몰라!

어쨌든 다치기만 해 봐라!

죽을 줄 알아!

'……?'

순간 발바닥을 간지럽게 하는 미세한 진동이 느껴졌다.

'뭐지?'

요령의 고개가 빠르게 돌아갔다.

그리고,

두두두두!

걸개들의 투기에 막혔던 말발굽 소리가 봇물 터지듯 그렇게 일시에 울려 퍼졌다.

전장을 가르는 집채만 한 팔두마차와 그 뒤를 바짝 따르는 이백여 기의 인마.

거대한 백호가 포효하는 문양이 그려져 있는 형형색색의 오색 천으로 치장되어 있는 화려한 마차, 분명 대륙전장의 마차였다.

공손우덕과 공손옥빙이 타고 왔던 마차였다.

두두두두!

거칠게 질주하는 마차의 기세에 걸개들이 물살 갈라지듯 그렇게 길을 내줬다.

그들로서는 그럴 수밖에 없었다.

대륙전장이 적으로 결정된 것도 아니고, 또 질주하는 마차를 공격했다가는 자칫 뒤집어지는 마차로 인해 더 큰 피해를 입을 수도 있었다. 거기에 마차를 바짝 따르는 이백여 기의 인마는 무시 못할 전력이었다.

마차는 걸개들을 관통했고, 방향을 대로의 오른쪽으로 조금씩 틀었다.

용소진의 구룡천폭 때문에 대로의 중앙이 크게 갈라져 있었기 때문이다.

이윽고 마차는 대로 오른쪽 가장자리에 멈추었다.

가부좌를 틀고 있는 용소진과 그리 떨어지지 않은 위치였다.

푸르르륵! 푸륵!

전장의 흉함에 놀라고 있었던지 준마들의 투레질 소리가
거칠게 들려왔다.

마부의 익숙한 다독거림에 말들이 안정되어 가는 순간, 마
차 문이 열리며 머리끝에서 발끝까지 온통 백색일색인 청년
이 모습을 드러냈다.

백영이었다.

마차에서 내려선 백영이 주위를 슬쩍 둘러보고 용소진의
모습을 스치듯 확인한 후 슬쩍 옆으로 비켜났다.

그러자 무거운 얼굴을 하고 있는 공손우덕과 잔뜩 겁에 질
려 있는 공손옥빙이 차례로 모습을 보였다.

"들어가 있지 않고?"

"괜찮아요. 이겨 낼 거예요."

굳은 의지를 표하는 공손옥빙의 말에 공손우덕이 잠깐 안
타까운 시선을 보내다 이내 고개를 끄덕였다.

"그래. 이겨 내자꾸나."

공손옥빙에게서 시선을 돌린 공손우덕이 주변을 둘러보았
다.

비릿한 혈향이 사방에서 몰려들었다.

보이는 건 온통 붉은 핏물과 잘리고 갈라진 시체들뿐이었
다.

얼굴을 더욱 무겁게 가라앉힌 공손우덕은 힘겨운 모습이

여실해 보이는 하후량 등을 향해 걸었다.

백영이 곁에서 보좌했고, 어느새 준마에서 내려선 이백여 대륙전장의 무인들이 그 뒤를 바짝 따랐다.

걸개들은 어찌할지 결정을 내리지 못하고 살기만 폭주시키고 있었다.

공손우덕이 하후량의 곁에 멈춰 선 순간, 대륙전장의 이백여 무인들이 원을 그리며 완벽하게 에워쌌다.

대륙전장이 뜻을 표한 것이다.

이로써 대륙전장은 개방과 척을 지게 되었다.

그 모습에 분노로 치를 떤 중년 걸개 한 명이 앞으로 나섰다.

오결제자로 추광개라 불리는 자였다.

"이게 대륙전장의 뜻이오? 지금 본방과 싸우겠다는……."

추광개가 공손우덕을 향해 소리쳐 물었다.

그에 공손우덕이 추광개의 말을 잘랐다.

"싸움은 개방에서 먼저 걸었소이다."

"그게 무슨……?"

"구천신룡은 본장의 봉공이오. 개방에서 본장의 봉공을 공격하였으니, 이는 개방에서 본장을 공격한 것이나 마찬가지가 아니오?"

공손우덕의 말에 뒤쪽에 있던 군소문파의 무인들이 놀란 얼굴로 소란을 떨었다.

그에 추광개가 일갈을 터트렸다.

"닥치시오. 구천신룡은 한낱 살귀일뿐이오. 당신도 좀 전의 싸움을 보았지 않소. 저놈이 얼마나 많은 본방의 걸개들을 해쳤는지. 당신은 귀가 없소? 저놈 손에 얼마나 많은 이들이 목숨을 잃었는지 듣지도 못했단 말이오? 본방의 일만 걸개들이 이 일을 그냥 넘어갈 것 같소?"

일만이라는 숫자는 그냥 숫자가 아니다.

개방의 걸개 일만이면 군소문파 수십 곳을 합친 것보다 더 강한 전력이다.

추광개의 말에 뒤쪽에 있던 군소문파의 무인들이 언성을 높이며 스스로 사기를 북돋았다.

"옳소. 우리는 대개방과 뜻을 함께할 것이오."

"대륙전장은 이 일에서 물러나시오."

"노야께서는 저런 악적을 끼고돌지 마십시오."

그에 입가에 결의와 조롱을 동시에 매단 추광개가 타구봉을 높이 쳐들며 크게 외쳤다.

"오늘 우린 죽는다. 하나 본방의 일만 걸개들이 우리의 복수를 해 줄 것이다."

그에 살아남은 이백여 걸개들이 타구봉으로 일제히 땅을 두드리며 함성을 내질렀다.

전장을 울리는 그들의 함성이 대기를 일렁이게 했고, 거기에 자극받은 군소문파의 무인들이 일제히 병장기들을 쳐들며

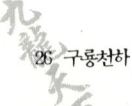

함성을 질렀다.

"죽여라!"

"개방과 함께하자!"

대륙전장의 등장으로 가라앉았던 투기가 급속도로 치솟았다.

그에 고개를 저은 공손우덕이 백영을 돌아보며 고개를 끄덕였다.

그에 백영이 공손히 허리를 숙여 보인 다음 품속에서 무언가를 꺼냈다.

작은 죽통이었다.

백영이 죽통을 머리 위로 높이 들어 올렸다.

펑!

폭음과 함께 붉은 연기가 치솟았다.

그에 끓어오르던 전장의 투기가 찬물을 뒤집어쓴 듯 낮게 가라앉았다.

그리고 그 빈자리를 팽팽해진 긴장감이 대신했다.

푸르륵!

말들의 투레질 소리만이 낮게 울렸다.

그때였다.

퍼퍼퍼퍽!

"크아악!"

"컥!"

둔탁한 격타음, 갑작스런 비명들.

대로 양쪽에 늘어서 있는 거각들의 지붕 위쪽에서 들려왔다.

사람들의 시선이 빠르게 돌아간 순간, 지붕 위쪽에서 내려다보고 있던 군소문파의 무인들이 동시 다발적으로 피를 뿌리며 추락했다.

"뭐, 뭐냐?"

"적이다!"

"조심해라!"

퍼퍼퍽!

"끄아악!"

"크헉!"

사방에서 다급한 소리가 들려왔다.

그것도 잠시, 한순간에 침묵이 내려앉았다.

그리고,

쉬—익! 쉭! 처처처척!

느닷없이 청의와 백의를 걸친 수백 명의 무인들이 거각들의 지붕 위로 동시에 모습을 드러냈다.

"헉! 지, 지붕이다."

"저쪽에도 나타났다."

"으, 음!"

살을 시위에 물린 채 날카로운 얼굴로 아래쪽을 겨냥하고 있는 수백의 무인들, 개방의 걸개들과 군소문파의 무인들은 일대 혼란에 빠졌다.

"누구냐?"

"어떤 놈들이냐?"

몇몇이 대범하게 소리쳐 보지만 눈길조차 끌지 못했다.

그때 힘 있는 음성이 오른쪽 지붕에서 들려왔다.

"백영대(白影隊), 노야의 명을 기다립니다."

이어서 반대편에서도 우렁찬 목소리가 터져 나왔다.

"청영대(靑影隊) 역시 대기 중입니다."

분명 공손우덕을 향하고 있었다.

그에 사람들의 시선이 공손우덕에게로 모여들었다.

한 걸음 앞으로 나선 공손우덕은 빠르지도, 느리지도 않은 속도로 주변을 둘러보았다.

알게 모르게 긴장감이 팽팽해져 있었다.

그것을 느낀 공손우덕은 눈을 크게 뜨고는 입을 벌려 크게 외쳤다.

"대륙정영대(大陸正影隊)는 들으라."

내기를 쌓지 않은 노인의 것으로 믿기 어려운 굉장한 일갈이었다.

그에 양쪽 거각 지붕의 백과 청의 무사들이 일제히 발을 굴렀다.

쿠구구구궁!

거각들이 무너질 듯 세찬 울음을 토해 냈다.

대단한 기세였다.

적어도 기세만큼은 개방의 걸개들과 군소문파의 무인들을 압도하고 있었다.

공손우덕이 이어서 대성을 터트렸다.

"여기 용 봉공을 해하려 드는 자는 그 이유를 불문하고 대륙전장의 이름으로 참하라."

공손우덕의 대성이 하늘을 가득 울렸다.

"명을 받듭니다."

"명을 따릅니다."

두 개의 음성이 양쪽 거각에서 터져 나와 대로를 따라서 울려 갔다.

                    *   *   *

오늘은 개방의 치욕으로 남을 날이다.

일만 걸개들에게 존경받는 전대방주가 시신조차 남기지 못한 채 횡사를 당했고, 일천에 달하는 걸개들 중 벌써 칠백에 가까운 숫자가 쓰러졌다.

나머지 삼백도 죽음을 면치 못할 게 확실했다.

아니, 이제는 살고픈 생각도 없었다.

하나 죽을 때 죽더라도 개방의 기개만큼은 남기고 죽어야

했다.

그래야 자신들의 죽음이 덧없지는 않을 테니까.

그리고 그런 죽음이어야 오늘의 치욕이 개방을 더욱 단단하게 만들어 줄 것이다.

추광개는 그렇게 믿었다.

한 걸음 나선 추광개가 타구봉을 높이 쳐들었다.

순간, 무거운 침묵이 그에게로 향했다.

"개방의 의기는 죽지 않는다. 오늘 우리는 개방의 의기를 보여 줄 것이다. 우리들의 피가 일만 걸개들의 의기를 불태울 것이다."

비장했다.

굳게 외치는 추광개의 모습과 삼백여 걸개들의 얼굴에 떠오른 표정은 비장하기만 했다.

하나 군소문파의 무인들은 그렇지가 않았다.

전력이 우위에 있다 느껴질 때에야 후일을 생각해서라도 거기에 동조하겠지만, 빤한 죽음의 길일 뿐인데 거기에 동참할 하등의 이유가 없었다.

모두들 슬그머니 병장기들을 내렸다.

누군가 한 명이라도 뒤돌아서면 모두들 그렇게 할 태세다.

추광개의 입가에 비웃음이 떠올랐다.

슬쩍 걸개들을 돌아보았다.

모두들 결의에 찬 얼굴들이다. 두려움이라고는 찾을 수가 없다. 군소문파의 무인들과 극명하게 대조되었다.

비웃음이 자랑스러움으로 바뀌었다.

전방으로 시선을 돌린 추광개가 비장한 표정으로 바꾸었다.

자세를 조금 낮추고 앞으로 튀어나갈 준비를 했다. 팔성에 이른 취구공을 극성으로 끌어올렸다.

이후를 생각지 않았다. 하여 단전이 찢어지도록 끌어냈다.

단 한 번의 일격, 거기에 그 모든 것을 실을 것이다.

죽고 사는 것은 이제 관심 밖이다. 단 한 번의 일격에 자신의 의지를 실을 것이고, 그것이면 되었다.

근육이 수축되고 일부의 내기가 그것을 받쳤다.

탄자결로 운용된 내기가 순식간에 터져 나가며 자신을 원하는 곳으로 쏘아 보내 줄 것이다.

목표는 구천신룡이다.

수축된 근육을 단숨에 튕기며 용천혈로 보낸 내기를 폭출시켰다. 아니, 그러려고 했다.

한데 그 찰나의 순간, 눈을 멀게 할 것 같은 찬란한 청광이 두 눈을 가득 채웠다.

깜짝 놀란 추광개가 본능적으로 몸을 움츠렸다.

'이, 이런 개 같은…….'

죽음마저 도외시했는데 무엇이 두려워 나아가질 못한단 말인가? 자신의 모습에 분노한 추광개가 두 눈을 부릅뜨고 전방

을 노려봤다.

"이, 이이……."

추광개의 부릅뜬 두 눈이 더욱 커졌다.

입에선 억눌린 신음만이 흘러나왔다.

그의 의기마저 짓눌러 버리는 지독한 기운 탓이다.

그것도 다섯이었다.

일렬로 늘어선 다섯 마리의 청룡들이 모든 것을 휩쓸어 버릴 것 같은 무지막지한 기운을 뿜어내고 있었던 것이다.

걸개들과 추광개의 시선이 좀 더 뒤쪽으로 움직였다.

"……!"

추광개의 가슴이 일시에 무너져 내렸다.

구천신룡, 그가 일어서고 있었던 것이다.

금방이라도 폭발할 것 같던 분위기가 차갑게 가라앉았다.

비장한 기운이 충만하던 걸개들의 얼굴 위로 당혹감이 한 겹 덧씌워졌다.

죽음을 불사하겠다는 비장한 각오였다.

하나 용소진과 청룡들이 뿜어낸 가공할 기운이 그 각오마저 짓눌러 버렸다.

느릿한 동작으로 자리에서 일어나는 용소진의 모습마저도 그들에게는 공포로 다가오기 시작했다.

등골을 타고 흐르는 식은땀은 두려움이 분명했다.

추광개는 아니라고 외치고 싶었다. 그러나 끝내 입을 열지
못했다.

한 걸음만 내딛으면 되는데 그럴 수가 없다.

'대체……'

도저히 받아들일 수가 없다.

그렇게 억겁 같은 순간이 지났다.

용소진이 허리를 곧게 폈다.

그리고 두 눈을 번쩍 떴다.

순간 대기가 부복하듯 와르르 물러갔다.

용소진이 걷는다.

저벅저벅!

걸음 소리에 심장이 밟혔다.

저 나지막한 소리에 만근거력이 실려 있어 심장을 터트릴
듯 짓밟고 있다.

저벅저벅!

추광개의 얼굴이 한없이 일그러져 간다.

머릿속의 생각도 사라져 간다. 아니, 하나로 귀결되어 간
다.

'이 정도까지는 아니었는데, 그런 것 같았는데……'

구룡의 기운이 넷일 때와 다섯일 때의 차이다.

하나 꼭 그것만은 아니다.

용소진은 구룡의 기운을 받아들이는 동안 작은 것을 얻었

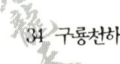

다.

깨달음이 아니다.

구룡의 기운을 하나 더 얻으면서 덩달아 여유를 얻었다.

눈앞의 강아지를 어찌 쫓을까 고민하던 아이가 손에 묵직한 막대기를 얻으면서 생기는 그런 종류의 자신감이다.

가로막는 것은 무엇이든 쓸어버리겠다는 일념이, 나의 길을 갈 뿐이니 그 무엇도 방해가 되지 않는다는 터무니없는 자신감으로 바뀌어 버렸다.

그 자신감이 여유를 가져다준 것이다.

용소진의 걸음엔 그런 여유가 있었고, 그 여유가 적들에겐 감히 맞설 수 없는 엄청난 존재감으로 화했다.

이윽고 용소진이 걸음을 멈추었다.

동료들과 어깨를 나란히 한 것이다.

아직도 허공에 몸을 띄우고 있는 홍동곽의 신형을 끌어내린 다음 가볍게 웃어 주었다. 너덜너덜해진 하후량의 왼손을 가볍게 감싸 주었다.

검무량을 향해 고개를 끄덕여 주었고, 요심개와 요령, 그리고 패천문의 무인들에게 미소를 보여 주었다.

그것만으로도 동료들의 얼굴에 자신감이 넘쳐 났다.

알 수 없는 힘이 샘솟듯 했다. 다시 한 번 부딪친다면 일거에 쓸어버릴 수 있다는 자신감이 충만해졌다.

금방이라도 쓰러질 듯 위태하던 그들이 다시금 존재감을

불러일으켰고, 대륙전장의 무사들은 동조자일 뿐이었다.

용소진이 걸개들을 향해 입을 열었다.

"개방은 나에게 해명해야 할 것이 있다."

용소진의 음성이 나직이 울려 퍼졌다.

그러나 추광개를 비롯한 개방의 걸개들은 용소진의 말뜻을 알지 못했다.

그랬기에 더욱 답답해진 가슴을 힘겹게 끌어안을 뿐이다.

그때 용소진이 왼손을 들어 보이며 다시 입을 열었다.

"구룡용린수라 부르는 물건이다. 이걸 가진 노인이 내……사부님을 해쳤다. 개방은 이 일을 알고 있었나?"

중간에 잠깐 멈춘 것은 다시금 치솟는 분노를 삼켜야 했기 때문이다. 분노를 터트리기 이전에 알아야 할 것이 있었던 것이다.

용소진은 지금 개방이 사부를 해한 흉수인지를 묻고 있었다.

구룡용린수를 가진 노인이 홀로 행한 일인지, 아니면 개방의 묵인이나 동조, 혹은 명이 있었는지 알고 싶은 것이다.

용소진은 명확한 답을 원했다.

다시는 점창에서의 일처럼 섣부른 행동을 하고 싶지 않았던 것이다.

구룡용린수를 가진 노인이 홀로 행한 일일 때와 그렇지 않을 때에 따라 개방이 치러야 할 죗값이 달라질 것이기 때문이다.

하나 추광개에게서는 기다리는 대답이 나오지 않았다.

"이, 이놈! 태상방주께서는 그럴 분이 아니시다. 감히 그 어르신을 해치고도 네놈이 살기를 바라느냐? 일만 개방이 가만히 있을 것 같으냔 말이다!"

추광개는 입을 여는 동안 점점 더 격해져 갔다.

태상방주인 풍진개의 죽음과 수백 걸개들의 죽음이 떠올라 온몸을 태울 듯한 분노가 다시금 고개를 쳐든 것이다.

용소진은 추광개의 그런 반응을 가만히 지켜봤다.

그리고 한 가지를 알아챘다.

추광개로부터 들을 수 있을 만한 답이 아니라는 사실을.

용소진이 두 눈으로 염화의 불길을 토해 냈다.

타오르는 추광개의 분노를 단숨에 눌러 버리는 기운이었다.

"구룡용린수는 아홉 개의 구룡신기들 중의 하나다. 구룡신기들은 본시 구룡천부의 물건들이다. 감히 너희 따위가 가질 물건이 아니다. 그리고 내가 구룡천부의 부주다."

구룡천부라는 이름이 수많은 이들의 머릿속을 관통했다.

거의 대부분의 사람들이 처음으로 듣는 이름이다.

구룡천부는 이제껏 강호에 이름을 드러낸 적이 없었다.

처음으로 강호의 전면에 등장하려던 때에 멸문이라는 참사를 당했으니 알고 있는 이가 없을 수밖에.

강호의 전설로나 남을 구룡신기를 가진 문파.

지금 사람들의 뇌리에 구룡천부는 강호의 신비문파로 각인되었다.

용소진은 그런 신비문파의 부주였다.

그렇다면 단순히 구룡신기를 가진 일개 무인이 아니라 일문을 책임지는 수장인 것이다.

사람은 같으나 대하는 시선이 다를 수밖에 없었다.

그리고 용소진의 이 발언은 굉장히 중요한 의미가 있었다.

구룡신기들이 구룡천부의 것임을 알림으로써 자신이 구룡신기들을 찾아다니는 것에 대해 명분을 드러낸 것이다.

이 명분이 받아들여진다면 이후로 용소진에게서 구룡신기를 빼앗으려는 자들은 한낱 도적이라는 오명을 뒤집어쓸 수밖에 없다.

지금까지야 빼앗은 후에 명분을 만들면 그만이지만, 용소진의 명분이 받아들여진 후에는 그럴 수가 없게 되는 것이다.

물론 그러한 것에 연연하지 않을 무파들은 많고도 많았다.

용소진이 이러한 점을 생각하고 한 말은 아니지만, 어쨌거나 용소진은 자신의 행보에 대한 명분을 알리게 되었다.

자신의 존재감을 다시 한 번 각인시킨 용소진이 다시금 입을 열었다.

일체의 반박을 거부하겠다는 듯 단호한 어조로 말했다.

"가라. 가서 개방의 방주에게 전해라. 구룡천부의 부주가 찾아간다고, 가서 묻겠다고 알려라. 일만이라는 개방이 내 사부의 죽음과 관련이 있는지 묻는다고 말이다. 또 구룡용린수를 개방이 언제부터 소유하고 있었는지도 묻겠다고 전해라."

말을 멈춘 용소진이 구룡창을 들어 올렸다.

순간, 청광이 번쩍하더니 다섯 마리의 청룡들이 걸개들의 사이사이를 순식간에 꿰뚫었다.

깜짝 놀란 걸개들이 움찔한 순간엔 이미 제자리로 돌아온 후일 정도로 소름 끼치도록 빨랐다.

걸개들의 얼굴이 하얗게 질려 갔다.

그때 용소진이 다시 입을 열었다.

"개방이 관련되어 있지 않기를 빌어라. 그렇지 않다면……일만 걸개들의 의기? 흥! 얼마나 가소로운 것인지 똑똑히 보여 주겠다."

용소진의 음성은 나직했지만 힘이 있었다. 모든 이들이 똑똑히 기억할 만큼 강인했다.

수백 명이 지켜보는 가운데 용소진은 그렇게 개방에 통고했다.

구룡천부의 부주인 자신이 찾아가겠다고…….

第二章
본장이 뒤를 받쳐 주마

방성항(防城港)은 광서성(廣西省)의 최남단에 위치한 항구이다.

항구인 만큼 거친 뱃사람들이 많았고, 또 그 뱃사람을 상대하는 객잔과 홍등가가 존재했다.

해가 지고 어둠이 밀려오면 하나 둘 홍등이 밝혀졌다.

홍등이 불을 밝히면 꽃을 찾는 사내들이 모여들었고, 어둠이 물러갈 때까지 사내들의 거친 고함과 여인들의 끈적거리는 교성이 끊어지질 않았다.

"이년아! 이 황강의 물건이 저 녀석보다 못하단 말이냐?"

"아잉! 그럴 리가요. 다만 순서라는 게 있잖아요. 저분께서 먼저 오셨으니, 황 오라버니께서 양보를……"

챙그랑! 쿠당탕!

"아악!"

"이런 찢어 죽일 것들이, 여기 색월가에서 이 황강더러 양보를 하라고? 너 이 새끼야, 내가 양보해야겠냐? 앙?"

쾅!

"커억!"

광분해 날뛰는 사내의 분노로 인해 요란하게 흔들리는 붉은 불빛을 받으며 한 사내가 걷고 있었다.

먼 길을 왔는지 먼지와 얼룩이 가득한 청의가 사내를 부랑자로 보이게 했다.

"큭큭큭! 극락과 정토는 핏물에 잠겨 있지. 죽이고 죽여라. 그래야 당도할 수 있노니."

탁하고 낮게 가라앉은 음성이 텅 빈 한쪽 소매와 어우러져 음산한 기운을 뭉클 피워 냈다.

사내는 음산한 기운을 몰고는 골목 깊숙이 들어갔다.

이윽고 어둠이 그를 완전히 삼켜 버렸다.

그리고 반각이 지났다.

좀 전의 외팔이 사내가 나타났던 골목 입구에서 한 사내가 모습을 드러냈다.

쭉 찢어진 눈이 제법 매서워 보였고, 그 안쪽의 반짝이는 동공이 머리 회전이 빠른 사람임을 알려 주었다.

"이번엔 창기인가? 어쩌다 저렇게……."

사내는 외팔이 사내가 사라져 간 골목을 응시하며 고개를 저으며 무거운 한숨을 내쉬었다.

그리고는 외팔이 사내를 따라서 골목 안쪽으로 잠겨 들었다.

다음 날 홍등가 전체가 들썩거렸다.

창기 중의 한 명이 전신이 낭자되어 핏물 속에 잠긴 채로 발견된 것이다.

그에 홍등가를 휘어잡고 있던 홍화방의 방주 마태악은 범인으로 외팔이 사내를 지목했고, 이후로 이틀 동안 홍화방 패거리들이 방성항 곳곳을 누비고 다녔다.

　　　　　*　　　　　*　　　　　*

탄탄한 체구에 사자처럼 강렬한 눈.

천하를 오시하는 듯한 절대자의 위엄마저 갖추었지만, 입가의 미소가 너무나 부드럽게 느껴지는 중년인이다.

철혈패천문(鐵血覇天門)의 주인인 하후장천이었다.

사람들은 그를 철혈패왕(鐵血覇王)이라 불렀다.

철혈의 피와 패왕의 기질, 거기에 만인을 압도하는 절대의 무공.

그래서 철혈패왕이었다.

하후장천의 앞에는 문사건에 유생 차림을 한 호리호리한

체격의 중년인이 마주 앉아 있었다.

철혈패천문의 총관 양문청이었다.

양문청은 하후장천의 막역지우이기도 했다.

하여 지금처럼 단둘만이 있을 때는 편하게 말을 놓는 두 사람이었다.

양문청이 적잖이 무거운 얼굴로 말했다.

"성수의가에 사람을 보냈네."

"잘했네만, 거기라고 다를까?"

"제세원(濟世院)에서 그곳이 마지막 희망이라고 하니 그곳에 기대를 걸어 보아야 하지 않겠는가?"

하후장천이 나직이 한숨을 내쉬었다.

"성수의가에서 원하는 것이 있다면 무엇이든 들어준다고 하게. 무엇이든 말이네."

재차 강조하는 하후장천을 바라보며 양문청은 그저 고개를 끄덕여 줄 수밖에 없었다.

"도대체 무슨 병인지 병명이라도 알았으면 이리도 답답하지 않으련만……."

하후장천이 무거운 장탄식을 토해 냈다.

철혈패왕의 탄식 때문인지 실내가 급속도로 가라앉아 갔다.

그에 양문청의 속도 한없이 가라앉아 갔다.

한 식경이 지나자 양문청이 침묵을 깼다.

"그나저나 소문주를 불러들여야 하지 않겠는가?"

"제 목숨 아까운 정도는 아는 녀석이니 알아서 하겠지."

"하지만 융가에서 가만있지 않을 것인데, 어찌하려고 그러는가?"

"걱정 말게. 그렇잖아도 자네가 복귀하기 전에 그 녀석을 잘 따르는 애들을 보냈네."

"광풍단(狂風團)말인가?"

"그렇네."

"그렇게 되면 전력이 분산되질 않는가?"

"광풍단 하나 빠졌다고 어찌 될 정도로 약한 곳이 아닐세. 그리고 융가에서도 그 정도의 전력은 빠져나갔다고 하더군. 어쩌면 비밀리에 더 많은 전력이 빠져나갔을지도 모르는 일이네. 원하는 것이 있으니 아마 그랬을 것이 틀림없네."

양문청은 하후장천의 말을 이해할 수 없었다.

융가에 대해 자신이 모르는 뭔가를 알고 있음이 틀림없었다.

"자세히 말해 줄 수 없겠는가?"

"아, 미안하군. 자네한테도 말 못하는 고충이 있네. 이해하시게. 다만 이것 한 가지는 알려 주겠네. 융가에서는 구천신룡이 가진 구룡신기를 탐내고 있다네. 그것도 꽤나 간절하게 탐낸다네."

양문청은 더욱 이해하기 어려웠다.

융가 같은 곳에서 구룡신기를 간절하게 원할 이유가 무엇일지 전혀 납득할 수가 없었던 것이다.

구천신룡을 끌어들이려 한다면 이해할 수 있었다.

그 정도의 고수라면 큰 전력이 되기 때문이다. 하지만 구천신룡이 아닌 구룡신기라고 했다.

절정고수들이 즐비한 융가에서 신병이기 따위를 간절하게 원한다는 것이다.

갸웃하는 양문청의 뇌리에 문득 떠오른 것이 있었다.

구천신룡에 대한 정보들 중 일부분이었다.

"진짜 청룡을 부리기라도 하는 건가?"

"그럴지도 모르지."

양문청은 화등잔만 해진 눈으로 하후장천을 쳐다봤다.

한 줌 무게도 안 되는 말을 입에 올릴 하후장천이 아니기 때문이었다.

하나 하후장천은 옅은 웃음을 흘릴 뿐이었다.

*   *   *

용소진과 그의 일행들은 풍운객잔에서 하루를 더 묵기로 했다. 모두들 크고 작은 부상을 입어 장도에 오르기에는 무리였기 때문이다.

개방이 돌아가고 군소문파의 무인들도 돌아갔다.

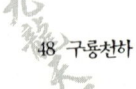

물론 끝이 아니다.

기회가 된다면 언제라도 달려들 것이 분명했다.

더욱이 용소진이 개방의 총타로 찾아가겠다고 선언해 버렸지 않았는가.

걱정이 되지 않는 것은 아니지만, 지금 당장은 부상을 치료하고 지친 심신을 추스르는 게 우선이었다.

모두들 상처를 치료하고 나자 각자의 객방으로 돌아갔다.

운기조식으로 내력을 회복하고 내상을 치유할 것이 분명했다.

풍운객잔 주변은 대륙정영대가 물샐틈없이 에워쌌다.

대륙정영대는 공손우덕이 그동안 심혈을 기울여 키워 온 대륙전장의 무력부대였다.

거각들의 지붕을 순식간에 점해 버린 것만 봐도 그들이 얼마나 잘 정련된 부대인지 알 수 있었다.

대륙전장의 본원에는 흑영대(黑影隊)와 적영대(赤影隊)라는 두 개 대가 더 존재한다고 한다.

용소진 역시 자신의 거처로 돌아갔다.

내상이 간단치가 않았다. 게다가 공력을 완전하게 회복하지 못했다.

그랬다.

용소진은 너무나 급박한 상황이었기에 구룡의 기운이 채 반의 반도 채워지지 않은 상태에서 적공(積功)을 멈출 수밖에 없었다.

그마저도 개방의 걸개들을 압박한 다음 단 한 번 펼친 구룡쾌영으로 소진해 버렸다.

모두들 그걸 눈치 채지 못했다.

용소진의 기세에 짓눌려 버린 탓이다.

용소진은 적들을 짓누르는 한편 그들이 스스로 물러날 수 있는 이유를 만들어 줬다.

개방의 총타로 찾아가겠다는 말이 바로 그것이다.

물론 개방을 방문해야 할 이유가 있었다.

사부의 죽음과 구룡용린수에 대한 그들의 대가와 해명을 치르고 들어야 했기 때문이다.

하지만 굳이 알려 주어 대비토록 할 이유는 없었다.

불시에 들이닥치는 게 더 낫지 않겠는가.

그러한 사실을 잘 알고 있었지만, 용소진은 개방으로 찾아가겠다고 선언했다.

그 선언에 개방의 걸개들은 싸늘한 살기만을 남기고 물러갔다.

자신들의 목숨은 총타에서 버리기로 작정한 것이다.

물론 용소진의 목숨을 취한 다음일 터였다.

개방이 그렇게 물러가니 군소문파의 무인들 역시 물러날 수밖에 없었다. 그들만으로는 대륙정영대를 상대하기에도 벅찼기 때문이다.

결국 용소진의 생각대로 된 것이다.

용소진은 물러나는 그들을 바라보며 속으로 외쳤다.

'이후로 내 앞을 막지 마라. 지금까지는 상황에 따라 가려서 손을 썼다. 이후로는 가리지 않을 것이다. 혈귀가 되어야 한다면 기꺼이 혈귀가 되어 주겠다.'

자신의 손속이 과해지고 잔인해질수록 동료들이 더욱 안전해질 수 있었다. 자신이 더욱 강해져야만 한 명이라도 더 살아남을 수 있었다.

그리고 좀 더 영악해질 필요가 있음을 느꼈다.

마지막에 허세를 부려 보았던 것처럼 상황에 따라 머리를 굴려야 함을 깨달았다.

힘만으로는 한계가 있음을 깨달은 것이다.

폭풍처럼 끓어올랐던 기운이 밤이 되자 무겁게 가라앉았다.

가라앉은 탁한 기운을 대지의 기운이 깨끗하게 정화시켰다.

한차례 비라도 쏟아졌으면 좋았겠지만, 거기까지는 허락하지 않을 모양이었다.

쪼르르륵!

탁!

사발만 한 잔에 탁한 술이 채워지기 무섭게 거친 손이 달려들어 입으로 부어 넣었다.

"캬!"

별다른 말 없이 술만 들이붓고 있었다.

너덜너덜해진 왼손엔 하얀 붕대가 칭칭 감겨 있었고, 붉은 핏물이 진하게 배어져 나오고 있었다.

그럼에도 인상 한 번 쓰지 않고 술병을 잡아 간다.

그때 곁에 있던 누군가가 먼저 술병을 낚아채더니 술병째로 입에 들이부었다.

꿀꺽! 꿀꺽!

입으로 들어가는 게 반이요, 목을 타고 가슴을 적시는 게 반이었다.

탁!

술병을 거칠게 탁자 위에 내려놓더니 하후량을 향해 한마디 한다.

"들어가 잘랍니다. 적당히 마시고 쉬는 게 좋겠구만. 그러다 상처가 곪기라도 하면 어쩌려고 그럽니까?"

그러고는 대답도 듣지 않고 벌떡 일어나 가 버린다.

그 모습을 멀뚱히 바라보던 하후량이 뒤늦게 빈 술병을 들어 보고는 자리에서 벌떡 일어났다.

"뭐야? 다 마신 거야? 이종이 너 거기 안 서!"

그 순간 저만치 가던 소이종이 줄행랑을 치는 게 보였다.

그 모습을 용소진과 홍동곽이 지켜보고 있었다.

요심개 조손은 어딜 갔는지 객잔에 남기로 한 이후부터 줄곧 보이지 않았다.

"좋은 수하들을 뒀군."

홍동곽이 웃으며 한 말이다.

"보고도 그러요? 세상에 주군의 술을 빼앗아 마시는 수하가 어디 있소? 가서 명주를 구해 오지는 못할망정 있는 술이나마 이 주군을 위해 아끼고 아껴 주어야지. 망할 놈!"

투덜거리며 자리에 앉는 하후량.

그때 용소진이 무언가를 꺼내 내밀었다.

구룡용린수였다.

"에? 뭐? 나 주는 겨?"

"그 손 나을 때까지 금주하겠다면……."

순간 하후량의 미간이 크게 일그러졌다.

그것도 잠시, 내밀어진 구룡용린수를 낚아챘다.

더없이 빠른 속도였다.

"그냥 주면 어디 덧나냐?"

툴툴거리는 하후량, 그러나 입가에 걸려 있는 건 분명 미소였다. 그런 하후량을 바라보는 용소진과 홍동곽의 입가에도 기분 좋은 미소가 지어져 있었다.

다음 날, 아침 식사를 마치고 자리를 함께했다.

전날 가졌어야 할 자리였지만, 상황이 여의치 않아 이제야 갖게 되었다.

자리를 하고도 한동안 침묵을 유지했다.

전날의 여파가 채 가시지 않은 모양이었다.

크고 작은 전투를 숱하게 치른 경험이 있는 탓인지 하후량을 비롯한 철혈패천문의 무인들은 벌써 여유를 되찾은 모습이었다.

하후량이 용소진을 정면으로 바라보며 말했다.

"중간에 새지 않고 일직선으로 북상하면 한 달 반 정도면 도착할 거다."

"오래 걸리네."

곁에 있던 홍동곽의 중얼거림에 하후량이 그를 돌아보며 피식 웃었다.

"호남, 호북, 하남, 세 개 성을 관통하는 데 그 정도는 걸리지 않겠소? 그것도 적게 잡은 거요."

그 말에 홍동곽의 얼굴이 무거워졌다.

"많기도 하겠군."

"일만이라고 자랑스럽게 말하는 것 못 들었소?"

"풍진개도 죽은 마당에 거지들이 무슨 대수라고, 이 녀석 말은 세 개 성을 지나는 동안 만나게 될 떨거지들을 말하는 거다."

중간에 요심개가 끼어들었다.

하후량은 요심개의 설명에 그 생각을 못했다는 얼굴을 했다.

"광서성에 호남, 호북, 하남, 하북, 그리고 그 인근의 강서, 안휘, 산동, 산서, 섬서, 귀주…… 뭐야, 이거 거의 강호 전체 잖아. 그러면…… 으헥! 어림잡아도 백여 곳이 넘겠다."

조금 떨어진 자리에서 소이종이 손가락을 세어 가며 중얼거리다 다급성을 내질렀다.

그에 하후량이 이맛살을 찌푸리며 말했다.

"백 개뿐이겠냐? 어이, 동생. 그러지 말고 개방 방주더러 오라고 하지? 본문에서 기다리면 될 것 같은데……."

하후량의 말에 모두들 용소진을 쳐다봤다.

소이종을 비롯한 몇몇의 얼굴엔 제발 그랬으면 하는 표정이 역력했다.

하지만 용소진은 웃을 뿐이다.

그것만으로도 대답이 되었는지 더 이상 묻지 않았다.

그때 나직한 음성이 들려왔다.

"때로는 물러설 줄도 알아야 하는 게 장부다."

걱정이 다분히 느껴지는 목소리였다.

그에 용소진이 공손우덕을 바라봤다.

두 사람의 시선이 마주치자 공손우덕이 고개를 끄덕이며 목소리에 힘을 실었다.

"하지만 지금은 물러설 때가 아니지. 서 공을 해쳤다면 의당 그 대가를 치러야 한다. 이는 본 대륙전장으로서도 묵과할 수는 없는 일이다. 백 개가 되었든 천 개가 되었든, 네가 하겠다면 본장이 뒤를 받쳐 주마. 이 기회에 금력의 힘을 똑똑히 보여 주겠다."

공손우덕은 결의에 차 있었다.

대륙전장의 모든 것을 동원해서라도 대가를 치르게 해 줄 참이었던 것이다.

용소진은 그 마음이 너무나 고마웠다.

아무리 은인이라 하더라도 상대가 일만 개방이라면 쉽지 않은 결정임이 분명했기 때문이다.

용소진은 진심을 담아 고개를 끄덕였다.

"감사합니다. 그 도움 기꺼이 받겠습니다."

용소진의 말에 공손우덕이 힘 있게 고개를 끄덕였다.

곁에서 지켜보던 공손옥빙은 그 작고 붉은 입술을 앙다문 채로 덩달아 고개를 끄덕였다. 아직은 다른 사람들과 함께하는 것이 자연스럽지 않은 모양이었다.

그 모습에 안타까운 시선을 던지던 하후량이 주변을 한번 둘러본 다음 용소진을 바라봤다.

"난 돌아가야 한다."

모두의 시선이 그에게로 쏠리는 것은 당연했다.

"잠시 소강상태이긴 하지만, 융가와의 싸움이 끝난 게 아니거든."

순간 모두들 그의 입장을 이해한다는 듯이 고개를 끄덕였다.

용소진도 하후량의 입장을 잘 알고 있었다.

하여 이해 못할 이유가 없었다.

"개방의 일이 끝나는 대로 패천문으로 향할 겁니다."

용소진의 말에 하후량이 아쉽다는 얼굴을 했다.

여건상 계속 함께하지 못하는 것이 아쉬운 것이다.

"기다리마. 그리고 돌아가는 대로 도움을 줄 방도를 알아보마. 그러니 너무 서운해 하지 말았으면 한다."

"고마울 따름입니다."

두 사람은 서로의 진심을 읽었다.

때문에 더 이상의 말이 필요 없었다.

그렇게 잠깐의 침묵이 찾아왔고, 그 침묵을 만정홍이 깼다.

"허험!"

만정홍의 헛기침이 침묵을 깨트리자 모두들 그를 쳐다봤다.

그러자 만정홍이 자리에서 일어나 정중히 허리를 숙이며 말했다.

"노야의 명으로 이후의 일에 대해 나름대로 계책을 고민해 봤습니다."

그에 사람들이 공손우덕을 돌아봤다.

"내 밑으로 들어오기 전에는 병법을 공부하던 사람이라네."

그 말에 모두들 호기심이 떠오른 시선으로 만정홍을 돌아봤다.

"대단치는 않습니다."

짤막한 말로 사실임을 인정한 만정홍이 공손우덕을 향해 정중히 말했다.

"이쪽이든 저쪽이든 싸움을 피할 생각이 없다는 전제하에 생각해 봤습니다. 개방의 영향력은 강호 전체에 뻗어 있습니다. 때문에 어떤 이유로 합류하든 수많은 무파들이 끼어들려고 할 게 분명합니다. 그렇게 되면 최악의 결과가 벌어질 뿐입니다. 거기에 대해서는 말씀드리지 않아도 잘 아실 터이니 설명을 생략하겠습니다. 결과적으로 제 짧은 소견으로는 한 가지 방법뿐이었습니다."

잠깐 말을 중단한 만정홍을 모두들 숨죽이고 바라봤다.

주변을 둘러본 만정홍이 용소진을 바라보며 말을 이었다.

"용 공자께서 본장의 봉공이시니, 개방과 대륙전장의 싸움으로 명분을 내세워야 합니다. 미리 소문을 흘린다면 적지 않은 문파가 관망할 게 분명합니다. 그렇지 않다 하더라도 함부로 움직이는 일은 없을 것입니다. 특히 용 봉공께서 개방의 걸개들 일천을 정리했고, 풍진개를 꺾은 사실을 크게 흘린다면 큰 도움이 될 겁니다. 어차피 소문이야 나겠습니다만, 조금이라도 더 포장을 하는 게 좋겠죠."

만정홍의 말은 다른 문파들의 개입을 차단하기 위해 개방과 대륙전장의 싸움으로 만들자는 것이었다.

가만히 생각해 보니 지금으로서는 그럴듯한 수였다.

개방과는 어차피 한판 벌일 수밖에 없는 상황이니 어쩔 수 없다 하지만, 다른 세력들의 개입은 최대한 막아야만 했다.

모두들 나름대로 생각을 하는 동안 만정홍의 말이 이어졌다.

"노야께서는 강소성으로 돌아가셔서 최대한 많은 문파들을 끌어들이십시오. 그 문파들과 본장의 대류정영대가 합쳐진다면, 그리고 그 숫자가 많아지면 많아질수록 개방을 제외한 다른 곳에서는 관망하는 쪽으로 돌아설 것입니다. 어느 문파든 대규모의 전투를 벌이는 것을 꺼릴 수밖에 없으니까요."

만정홍의 말에 대부분 고개를 끄덕였다.

그 말이 맞았기 때문이다.

눈앞의 싸움에서 이길 전력이라 하더라도 전력의 급격한 감소가 예상되는 상황이라면 누구라도 쉽게 싸움을 결정하기 힘들 것이기 때문이다.

하지만 개방은 달랐다.

태상방주와 수백에 달하는 걸개들이 죽었으니 그들과는 싸움을 피할 길이 없었다.

그것은 용소진 또한 마찬가지였다.

사부의 죽음에 대한 대가를 치러야 하기 때문이다. 그러나 용소진은 그 방법이 마음에 들지 않았다.

사부의 혈채를 갚는 일이기에 제자 된 입장으로 당당하게 홀로 묻는 게 당연했다.

하나 그리 했다간 얼마나 많은 이들이 끼어들지 몰랐다.

탐욕에 젖은 자들에겐 사람 목숨이 아무런 가치가 없음을 알았다. 그런 자들이 얼마나 달려들지, 상상만으로도 끔찍한 일이다.

두렵지는 않았다.

일천이든 일만이든 베어 버리면 그만이다.

숫자는 숫자일 뿐이다. 하지만 그런 생각을 달리 해야만 한다.

자신이야 피의 길을 걸을 수밖에 없는 운명이니 그렇다손 치더라도 자신으로 인해 눈앞의 동료들이 피를 흘리게 하고 싶지는 않았다.

그래서 묵묵히 침묵을 지켰다.

그때 한쪽에서 지켜보던 백봉 백리소소가 처음으로 입을 열었다.

"개방이 비록 의를 숭상하고 전 강호인들의 존경을 받는 방파이긴 하나 이번 일은 분명 용 공자께 명분이 있다고 여겨집니다. 공손 노야께서 약속하신 바도 있고 하니 본가에 문도들을 청해 보겠습니다. 가주께서 승낙만 하신다면 적지 않은 도움이 될 것입니다."

백리소소의 말에 모두들 반가운 얼굴을 했다.

강서성을 아우르고 있는 백리가가 나선다는 것은 강서성의 여러 문파가 함께한다는 것을 뜻했다.

　굉장한 숫자가 합류한다는 의미다.

　그렇게만 된다면 대륙전장과 개방의 싸움으로 몰아가는 것이 더욱 수월해질 것이었다.

　"감사합니다. 백리가가 합류해 준다면 개방과 본장의 싸움에 다른 무리들이 끼어들 가능성이 더욱더 줄어들 것입니다."

　만정홍이 기꺼운 얼굴로 허리를 숙였다.

　용소진은 만정홍의 인사를 정중히 받은 백리소소와 눈이 마주치자 고마움을 포권으로 전했다.

　이윽고 모두들 자리를 털고 일어났다.

　갈 길이 멀었기 때문이다.

　잠시 후 용소진은 대륙전장임을 나타내는 백호문양이 그려진 거대한 팔두마차 옆에서 공손우덕과 잠깐의 작별을 고했다.

　"피해가 클 것입니다."

　용소진의 얼굴엔 미안해 하는 기색이 떠올라 있었다.

　"피에 젖은 살인귀더냐?"

　공손우덕이 난데없는 질문을 해 왔지만, 용소진은 단호하게 고개를 저었다.

　"그것이면 충분하다. 대륙전장은 약하지 않다."

분명 대륙전장은 약하지 않았다.

청영대와 백영대를 보았기에 잘 알았다. 게다가 우열을 가리기 힘들 만큼 강한 적영대와 흑영대가 존재한다고 했다.

하나 개방은 그 숫자가 너무나 많았다. 일만이라지 않은가.

거기다 그들의 힘이 미치는 문파들까지 합쳐진다면, 상상을 불허할 것이다.

그런 생각이 용소진의 머릿속을 스쳐 갈 때였다.

공손우덕의 오른손이 용소진의 왼쪽 가슴 위로 살짝 올려졌다.

구룡환이 박혀 있는 곳이다.

"행여나 수많은 목숨이 걸려 있으니 복수행을 그만두라고 하는 이가 있으면, 그놈의 주둥이를 뭉개 버리려무나."

"……!"

"부모와 스승의 억울함을 푸는 것은 자식 된 도리다. 제자로서 반드시 치러야만 하는 의식과도 같은 것이다. 그 누구도 거기에 뭐라 할 수는 없다. 하니 넌 너의 길을 가기만 하면 된다. 그리고 너의 길은 잘못된 길이 아니다. 알겠느냐?"

순간 용소진은 마음 한쪽이 격동되는 것을 느꼈다.

혈로를 걸어오면서 또 앞으로 그 길을 이어 가야 했기에 항상 편치가 않았다.

때로는 당연하게 생각하는 스스로가 거북스러울 때도 있었다.

죽음이란 그런 것이었다.

수많은 이들의 죽음이 주는 무게는 결코 가볍지 않았던 것이다.

무인이 아닌 공손우덕이 한 말이었다.

세상의 옳고 그름을 분별할 줄 아는 어른이 한 말이었다.

공손우덕의 말은 그렇게 다가왔고, 그에 용소진은 마음이 한결 가벼워지는 것을 느꼈다.

"그렇게 하겠습니다."

용소진의 말에 공손우덕은 고개를 끄덕이며 그의 어깨를 한차례 두들겨 주었다.

용소진은 그렇게 해 주는 공손우덕의 마음 씀씀이가 너무나 고마웠다.

공손우덕이 마차에 오르자 공손옥빙이 다가왔다.

"용 공자의 가르침, 잊지 않겠습니다. 감사합니다."

살포시 예를 취하는 모습이 정중했다.

"망령을 벗어던지는 날, 웃으며 볼 수 있기를 바랍니다."

공손옥빙에게 한 말이지만, 스스로에게 던진 말이기도 했다.

"용 공자의 무운 장구를 빕니다."

공손옥빙마저 마차에 오르자 백색 일색인 백영이 나섰다.

백영은 용소진을 정면으로 바라보며 장읍을 취했다. 간단한 예였지만, 그의 마음을 조금은 알 것 같다고 용소진은 생각했다.

잠시 후 마차가 출발했다.

여덟 필의 준마가 이끄는 마차는 육중해 보이는 외관이 무색하도록 가뿐히 움직이더니 금세 빠른 속도로 질주했다.

두두두두!

혈향이 가득했던 전장을 벗어나 질주하는 팔두마차.

용소진은 자신의 운명도 질주하는 마차와 같기를 빌었다. 그렇지 않다면 그렇게 만들겠다고 다짐했다.

"가자."

뒤에서 들려오는 홍동곽의 목소리에 용소진은 자신만의 짧은 상념에서 벗어났다.

돌아보니 홍동곽 등이 떠날 채비를 갖춘 채 기다리고 있었다.

하후량과 그의 수하들은 용소진 등이 떠나는 것을 본 후에 출발할 거라고 했다.

하후량이 다가왔다.

용소진 앞에 걸음을 멈춘 하후량이 무거운 얼굴로 말했다.

"기다리마."

"기다리십시오."

두 사람은 그것으로 인사를 대신했다.

서로를 인정하는 눈빛이면 되었지 더 이상 무엇이 필요할까.

이윽고 홍동곽과 요심개, 그리고 요령과도 짧은 인사를 나누었다. 그 후에는 검무양과 눈인사를 나누었다.

검무양도 용소진 일행에 합류한 것이다.

그는 용소진에게서 자신의 길을 찾았다. 일천의 적을 향해 거침없이 나아가는 용소진의 모습에 자신이 나아갈 바를 깨달은 것이다.

"모두들 무운을."

하후량은 포권과 함께 마지막 한마디를 남겼고, 용소진은 웃으며 돌아섰다.

인사는 짧았지만 모두들 끈끈한 유대감을 느끼고 있는 듯했다.

하긴 그럴 만도 했다. 그 피의 아수라장에서 생사를 함께했던 사이이니 어찌 그렇지 않겠는가.

용소진을 포함한 다섯 명은 곧바로 풍운객잔을 나섰다. 그들의 앞에는 곧게 뻗은 대로가 기다리고 있었다.

그 길을 성큼 나아갔다.

第三章

지랄 말고 꺼져

소문은 순식간에 퍼져 나갔다.

이전에 구천신룡과 구룡신기에 대한 소문이 나돌던 것에 비하면 굉장히 빠른 속도였다.

당연하게도 대륙전장의 공작이 있었기 때문이다.

설사 그렇지 않다 하더라도 개방의 전대방주인 풍진개가 구천신룡에게 무릎을 꿇고 유명을 달리했다는 사실만으로도 들불 번지듯 하기에 충분했다.

번져 가는 소문엔 구천신룡이 사부의 죽음에 대한 혈채를 받고자 개방을 찾아간다는 이야기와 구천신룡이 대륙전장의 봉공이라는 말이 함께했다.

그런 이유로 대륙전장과 개방이 혈전을 벌일 거라는 말들이 무성하게 나돌았다.

소문이 들끓고 사실임이 드러나자 국지적인 분쟁을 벌이던 무파들이 하나 둘 싸움을 중단하기에 이르렀다.

대륙전장과 개방의 혈전.

규모만으로는 최대인 개방과 금력으로 최고인 대륙전장의 싸움이었다.

무파와 상가의 싸움이었지만, 철혈패천문과 남천융가의 싸움보다 더 큰 반향을 불러일으켰다.

철혈패천문과 남천융가가 제아무리 강력한 무력을 지닌 무파라 하지만 지역적인 한계가 있었다. 하지만 개방과 대륙전장의 영향력은 강호 전체를 아울렀다.

그런 만큼 두 곳의 격돌에 영향을 받는 무가가 수두룩했던 것이다.

만정홍이 생각한 것 이상으로 강호가 들끓었다.

그리고 만정홍의 예상을 웃도는 세력이 대륙전장 쪽으로 몰려들었다.

개방의 의기에 휘둘린 곳이 한둘이 아니었고, 대륙전장의 금력이 상상 이상으로 대단했던 것이다.

들끓는 강호를 지켜보던 만정홍은 문득 공손우덕이 이렇게 되리라는 것을 예상했을지도 모르겠다는 생각을 했다.

제아무리 은인의 죽음과 관련한 일이라지만, 자칫 대륙전장 전체가 붕괴될 수도 있는 일이었다. 그런 일에 함부로 나설 공손우덕이 아니었다.

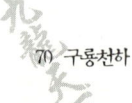

대륙전장이 무너짐으로써 얼마나 많은 이들이 나락으로 떨어질지 잘 아는 공손우덕이었고, 그것을 모른 척할 공손우덕이 절대 아니었던 것이다.

"어쨌거나 해볼 만하게 되었군."

중얼거린 만정홍은 조금 여유로워진 얼굴로 문서들을 정리하기 시작했다.

*　　　　*　　　　*

광동성 련주(連州)의 한 장원.

하얀 얼굴이 더욱 하얗게 보이는 융백 앞에 검은 인영이 부복하고 있었다.

"지둔일족이라……. 삼십육지살대진(三十六地殺大陣)으로도 놈을 잡지 못했는데 지둔일족만으로 가능할까?"

융백의 물음에 검은 인영이 더욱 납작 엎드리며 말했다.

"후토마제(后土魔帝)께서 함께하십니다. 그리고 묵영단(墨影團) 일백이 명을 따를 것입니다."

순간 융백이 흠칫하는 얼굴을 했다.

지난번에 괴멸한 백 명의 황의 무인들은 남천황검대(南天黃劍隊) 소속이었다.

남천융가에는 이단과 삼대, 즉 다섯 개의 무력부대가 존재했다.

이단으로는 남천묵영단(南天墨影團)과 남천적풍단(南天赤風團)이 있었고, 삼대는 남천황검대(南天黃劍隊)와 남천혈검대(南天血劍隊), 그리고 남천흑검대(南天黑劍隊)가 있었다.

남천황검대는 다섯 개의 무력부대 중에서 가장 약하다는 평을 받고 있었다.

그리고 이단이 삼대보다 훨씬 더 강했다.

융백은 삼대가 아니라 이단 중의 하나인 묵영단을 지원해 주었다는 점에 주목했다.

지둔일족의 우두머리인 후토마제와 묵영단.

자신에게 주어진 두 번째이자 마지막 기회인 것이다.

상관없었다.

후토마제가 이끄는 삼백의 지둔일족과 묵영단 백 명이라면 구천신룡이 아니라 철혈패왕도 잡을 자신이 있었기 때문이다.

"후후후! 구천신룡과 백소광자."

백소광자 하후량을 떠올리자 그에게 당한 옆구리가 화끈거렸다.

"놈! 네놈 머리통만큼은 직접 잘라 주마!"

실내를 울리는 음성엔 음산한 살기가 가득했다.

시리도록 차가운 살기였다.

*　　　*　　　*

인적이 드문 산길을 어기적어기적 헤쳐 가는 외팔의 괴인.

그리고 그 괴인에게서 멀찍이 떨어져서 움직이고 있는 사내가 있었다.

쭉 찢어진 눈이 제법 민활해 보이는 곤오문은 이해할 수가 없었다.

벌써 이 년이 지났다.

이 년이 지나는 동안 저 미친 인간의 뒤를 따르고 있었다.

한데 문에서는 아무런 명이 내려오지 않았다.

미칠 노릇이었다.

명색이 낙일검문의 둘째 공자라는 작자가 강간 살인을 밥 먹듯 하고 있었다.

미쳐도 곱게 미쳐야지, 저 정도면 차라리 죽여 버리는 게 나아 보였다.

"쳇, 귀신은 뭐하는지 몰라. 저 인간 안 데려가고."

"귀신도 우릴 어쩔 수가 없거든."

지저에서 들려오는 듯 머리털을 곤두세우는 음성이었다.

"......!"

갑작스런 목소리에 곤오문의 얼굴이 딱딱하게 굳었다.

"누, 누구요?"

조심스레 내력을 움직이며 주변을 살폈다.

정확한 위치를 종잡을 수 없도록 사방에서 울리는 듯한 목소리만으로도 자신이 어찌해 볼 수 없는 존재임이 확실했다.

하지만 아무리 주변을 둘러보아도 인기척이 느껴지지 않았다.

곤오문은 그게 더 두려웠다.

등줄기를 따라서 식은땀이 주르륵 흘러내렸다.

그때였다.

문득 뒤쪽에서 소름 끼치도록 스산한 기운이 느껴졌다.

눈을 부릅뜬 곤오문이 서서히 돌아섰다.

그리고 보았다.

그의 그림자가 우뚝 서 있는 모습을.

"헙!"

다급히 들이켜는 헛숨.

순간 시커먼 그림자가 하얀 이를 드러냈다.

그에 곤오문의 심장이 덜컥 주저앉았다.

도망치고만 싶었다. 한데 몸이 말을 듣지 않았다.

마치 석상이 되어 버린 듯 옴짝달싹할 수가 없었다. 그러더니 순식간에 어둠이 찾아왔다.

츄아악!

핏물이 허공을 붉게 물들였다.

솟구치는 핏물이 잦아들기도 전에 굳어 있던 곤오문의 신형이 둘로 갈라져 털썩 넘어갔다.

핏물이 사방으로 뿌려졌다.

시커먼 그림자가 비릿한 피 냄새를 음미하며 말했다.

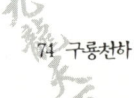

"놈! 그동안 귀찮은 일을 대신 해 주어 고마웠다. 이제는 광기도 제대로 자리 잡은 듯하니 쉬게 해 주마. 클클클!"

그리고는 외팔 괴인이 사라져 간 방향으로 소리 없이 날아갔다.

*   *   *

호남성 상녕(常寧).

용소진 일행은 점심이 한참 지나서야 상녕으로 접어들었다.

끈질기게 따라붙는 시선들.

분노와 호기심, 그리고 경외하는 시선에 시기와 질투까지, 서로 다른 감정을 담은 수많은 시선들이 용소진을 따라다녔다.

그나마 인적이 드문 곳을 이동할 때는 멀찍이 떨어져 있었기에 크게 신경 쓰이지 않았지만, 지금처럼 행인들이 많은 곳에 들어서면 행인들 틈에 끼인 채로 가까이 다가오는 자들이 더러 있어 꽤나 신경을 자극했다.

일행은 그 많은 시선들을 철저히 무시하며 때늦은 점심을 먹기 위해 가까운 객잔으로 들어갔다.

이층으로 된 그리 크지 않은 객잔이었다.

안으로 들어서기 무섭게 쪼르르 달려온 점소이의 안내를

받아 일층 창가 쪽으로 이동하자마자 한 떼의 무인들이 객잔 안으로 우르르 몰려들어 와 삼삼오오 자리를 잡았다.

용소진 일행의 눈치를 살피느라 누구 하나 입을 여는 자가 없었다.

하지만 그것도 잠시, 용소진 일행마저 입을 열지 않자 조금씩 소곤거리기 시작했다.

그러거나 말거나 용소진 일행은 말없이 앉아만 있었다.

용소진이야 원래 말수가 적었고, 홍동곽은 요령이 있었기에 일부러 입을 닫았다. 용소진보다 입이 더 무거운 검무양은 말할 것도 없었다.

결국 일행의 침묵은 요심개 조손 때문인 셈이었다.

더 정확하게는 요령 때문이었다.

요령은 현재 달거리 중이었다.

그 때문에 신경이 굉장히 예민해져 있었다. 이때에는 말수가 극도로 적어지고 쉽게 짜증을 냈다.

그러한 사실을 잘 아는 요심개였기에 덩달아 조용해진 것이다.

두 사람의 이런 상황을 모르는 홍동곽은 인상을 쓴 채 가만히 앉아 있기만 한 요령이 불안하기만 했다. 그러면서도 한편으로는 엉뚱한 언행으로 자신을 곤혹스럽게 하지 않았기에 다행이라는 생각을 하였다.

이윽고 주문한 요리가 나왔고, 일행은 말없이 식사에 열중

했다.

객잔 일층은 점점 활기를 되찾았다.

일행이 조용히 식사를 하자 경계심이 더욱 누그러진 것이다.

그러던 중 일행들의 식사가 끝나 가는 순간, 객잔 안으로 들어서는 이들이 있었다.

세 명의 여인들이었다.

화려한 장신구로 치장한 백의궁장의 여인과 그 여인의 시녀로 여겨지는 두 명의 아리따운 여인들이었다.

한데 백의궁장의 여인은 면사로 얼굴을 가리고 있었기에 정체를 알 수가 없었다.

"누구지?"

"헐! 시비들인 것 같은데 굉장한 미인인걸?"

순간 사내들의 코끝을 자극하는 기분 좋은 향기가 풍겨 왔다.

객잔 안이 쥐 죽은 듯 조용해졌다.

얼굴을 드러내고 있는 시비들의 미색에 얼굴을 붉히며 석상처럼 굳어 버린 이들도 적지 않았다.

세 여인은 그런 사내들의 한가운데를 걸었다.

사뿐사뿐 걷는 모습에 미태가 자르르 흘러넘쳤다.

이윽고 용소진 일행 앞에 멈춰 선 세 명의 여인.

맨 앞쪽의 면사를 한 여인이 한 걸음 다가왔다.

그러더니 느린 듯 아닌 듯 교태로운 몸짓으로 팔을 움직이더니 면사의 끈을 풀었다.

여인이 면사를 풀어 내리자 가려져 있던 얼굴이 활짝 드러났다.

순간 실내가 일시에 밝아지는 듯한 착각이 일었다.

눈이 번쩍 뜨일 정도의 미모였던 것이다.

"으음!"

"크—헙!"

의미 모를 신음과 헛숨을 들이마시는 소리가 곳곳에서 들려왔다.

방긋!

여인의 미소에 몇몇 사내들의 눈이 뒤집어졌다. 다행히 소란을 피우는 이는 없었다.

용소진의 미간이 한차례 꿈틀했다.

그때 여인이 박속같이 하얀 이를 드러내며 말했다.

"교봉(嬌鳳)이 구천신룡 용 공자를 뵙습니다."

두 눈을 살포시 내리고 붉은 입술엔 옅은 미소를 매달았다. 양 볼엔 옅은 홍조마저 띠운 얼굴로 살짝 허리를 숙이며 예를 올리는 모습이 너무나 요염해 보였다.

어지간한 사내라면 단번에 아랫도리를 까고 달려들 정도였다.

용소진 일행은 눈앞의 교봉이라는 여인을 몰랐다.

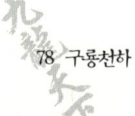

뜬금없이 찾아와 인사를 올리기에 용소진이 얼떨결에 포권을 하기는 했지만, 의아할 수밖에 없었다.

　그때 한쪽에서 누군가가 낮게 소리를 질렀다.

　"교봉이라면 호남제일미라고 알려진 월향루의 향기(香妓)가 아닌가?"

　"그렇지. 정말 소문대로 엄청나구먼."

　"호남제일미는 무슨, 강호제일미라고 하더구만."

　사내들의 수군거림에 교봉의 미소가 한층 더 진해졌다.

　'어리다고 하더니 꼭 그런 것만은 아니네. 어쨌거나 공자님과의 내기는 내가 이기겠구나. 호호호!'

　그때 교봉의 내심에 찬물을 끼얹는 자가 있었다.

　"이보게, 저 미녀가 백룡보(白龍堡)의 소백공자(素魄公子)와 들러붙은 그 교봉이란 말인가?"

　"쉿! 목소리 낮추시게. 입을 함부로 놀렸다간 쥐도 새도 모르게 끌려가는 수가 있다네."

　"아, 알았네. 그런데 여긴 왜 왔을까? 구천신룡에게 들러붙으려고 왔을까?"

　"글쎄, 낸들 알겠는가?"

　귓가에 속삭이듯 음성을 최대한 낮추고 있지만, 무공을 익혀 청력이 극도로 발달해 있는 이들에겐 바로 곁에서 소곤거리는 것처럼 또렷하게 들려왔다.

　교봉이라고 다르지 않았다.

알려지지는 않았지만, 사실은 그녀도 무공을 익히고 있었다. 그녀가 익힌 무공은 일반 무공과는 궤를 달리하는 일종의 주안술이었다.

주안술 덕분에 교봉의 미색이 가일층 빛날 수 있었던 것이다.

'저것들이 정말······.'

다된 밥에 코 빠뜨린다더니 딱 그 짝이었다.

하나 지금은 화를 내어서는 안 되는 자리였다. 살심이 일어날 정도로 화가 났지만 억지로 참았다.

두 눈을 가늘게 하여 눈 꼬리가 휘어지게 웃었다. 그러면서 부끄러운 듯 살짝 고개를 숙였다.

여기서 눈물 한 방울이면 넘어가지 않는 사내가 없지만 아쉽게도 지금은 눈물을 떨어트릴 만한 상황이 아니었다.

하지만 이 정도면 충분할 터였다. 여인의 치마폭에서 닳고 닳은 호색꾼이 아니라면 말이다.

바로 그 순간 교봉의 예상을 뒤엎는 소리가 튀어나왔다.

"놀고 있네."

갑작스런 조소에 사람들의 시선이 일제히 한쪽으로 향했다.

요령이었다.

요령이 자리에 앉은 채로 한심하다는 듯한 눈빛으로 교봉을 쳐다보고 있었던 것이다.

그에 교봉이 팔을 움직여 소맷자락으로 입가의 미소를 살며시 가리며 말했다.

"소저께선……."

그러나 끝내 말을 맺지 못했다.

요령의 앙칼진 음성이 곧바로 터져 나왔기 때문이다.

"지랄 말고 꺼져."

"왜 그래?"

보다 못한 홍동곽이 나섰지만, 서슬 푸른 눈초리만을 받았다.

홍동곽이 화들짝 놀란 모습으로 고개를 돌린 순간 작은 무언가가 교봉을 향해 날아갔다.

순간 교봉의 신형이 뒤쪽으로 한 걸음 미끄러졌다.

꽤나 민첩한 동작이었다.

뒤늦게 교봉이 있던 자리에 무언가가 툭 떨어졌다.

찌직!

다름 아닌 독각청전서였다.

순간 교봉의 얼굴이 일그러졌다.

푸른색이긴 하지만 쥐는 쥐였다. 여인이 좋아할 만한 동물이 아닌 것이다.

그것도 잠시였다. 교봉의 눈이 반짝였다.

독각청전서가 요령과 교봉을 한차례 번갈아 보더니 그 자리에 벌러덩 드러누웠던 것이다. 그러더니 대자로 뻗은 모습으로 자는 척을 했다.

아니, 실제로 자려는 것 같았다.

교봉은 눈앞의 쥐가 독각청전서인지는 몰랐지만, 영물이라는 것을 알아챘다.

'그래도 징그러운데, 이걸 만져야 하나?

슬쩍 고개를 들어 보니 구천신룡이 자신과 눈앞의 쥐새끼를 바라보고 있었다.

교봉의 오른손이 움직였다.

"어머! 어쩜 귀엽기도 해라."

소녀처럼 환하게 웃는 교봉. 누가 보더라도 사랑스러움이 넘쳐흐르는 모습이었다.

교봉의 오른손이 독각청전서의 몸에 닿았다.

슬며시 배를 쓸어 주었다.

독각청전서가 기분 좋다는 듯이 가만히 있었다.

'이놈도 사낸가? 깔깔깔!

그때였다.

"쌍으로 지랄하냐? 굶기 싫으면 힘 좀 써라."

요령의 이해할 수 없는 말에 교봉이 요령을 쳐다봤다.

바로 그 순간, 그녀의 오른손에 딱딱한 느낌이 전해졌다.

교봉은 무언가 알 수 없는 불안감에 황급히 고개를 돌렸다.

그때였다.

파지지직!

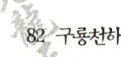

오른손에서 시작된 뜨겁고 섬뜩한 전율이 온몸을 강타했다.

"까악!'

교봉의 날카로운 비명이 객잔에 가득 울려 퍼졌다.

그리고 무언가 타는 듯한 냄새가 사람들의 콧속을 휘저었다.

순간, 사람들이 경악한 표정을 했다.

교봉의 그 아름답던 얼굴이 새까맣게 그을려 있었고, 흑단 같던 머리칼은 가닥가닥 치솟아 있었다. 거기다 온몸에서 타는 듯한 매캐한 연기가 새어 나왔다.

그 모습이 마치 번개에 맞은 것만 같았다.

듣도 보도 못한 기사에 모두들 얼이 나간 듯 굳어 버렸다.

교봉의 시비들마저 일순 공황상태에 빠진 듯했다.

"뭐 해? 다 처먹었으면 가야지."

요령의 매서운 일갈에 홍동곽이 찔끔한 표정으로 입을 열었다.

"그, 그래. 가자, 가야지."

"허험! 갈 길이 멀다. 서두르자."

요심개마저 헛기침을 하며 재촉하자 검무양과 용소진도 슬며시 걸음을 옮겼다.

그렇게 쫓기듯 밖으로 나왔다.

밖으로 나온 일행이 맞닥뜨린 것은 눈처럼 새하얀 설리총이 이끄는 이두마차였다.

마차 역시 하얗게 치장되어 있었는데, 아무래도 마차의 주인이 병적으로 흰색을 좋아하는 모양이었다.

일행이 밖으로 나오는 순간 마차의 문이 열리며 머리색을 제외한 온통 백색 일색인 사내가 모습을 드러내고 있었다.

백의 사내의 시선이 일행을 둘러보다 용소진의 머리색에 머물렀다.

"구천신룡? ……교봉을 죽인 것이냐?"

용소진이 걸음을 멈추고 눈앞의 백의 사내를 바라봤다.

백룡보의 소백공자라는 사람일 것이다.

난감했다.

죽인 것은 아니지만, 욕을 보인 것은 사실이다.

어떤 의도로 접근했든 단지 인사를 했을 뿐이기에 난감한 것이다.

"죽이지 않았소."

"그럼……? 확인하여라."

소백공자로 추정되는 사내의 명에 마차 한쪽에 시립해 있던 무인들 중 한 명이 황급히 객잔 안으로 뛰어들었다.

그리고 몇 호흡이 지나기도 전에 튀어나왔다.

"죽지는 않았습니다. 한데 불에 탄 것 같기도 하고, 벼락 맞은 것 같기도 하고…… 좋지 않습니다."

백의 사내의 미간에 골이 깊게 파였다.

무슨 말인지 알아듣기가 모호했기 때문이다.

"데려와라."

짤막한 명에 네 명의 무인들이 안으로 뛰어 들어갔다.

그러더니 촌각이 지나기도 전에 교봉을 들쳐 업고 나왔다.

타는 듯한 냄새가 밀려 나왔다.

교봉의 상태를 눈으로 확인한 백의 사내가 미간을 더욱 심하게 찌푸리며 명했다.

"치료해 줘라."

그 한마디에 교봉을 업은 사내들이 어디론가 잽싸게 뛰어갔다.

"어찌 된 일이지?"

용소진을 향해 던진 물음이었다.

목소리에 분노가 한가득이었다.

사내는 지금껏 살아오면서 자신의 물건에 함부로 손을 대는 것을 극도로 싫어했다. 누구든 그런 짓을 벌였다가는 치도곤을 면치 못했다.

교봉은 현재 그가 가장 아끼는 여인이었다.

한데 크게 상해 버렸다. 언뜻 보기에도 이전의 미모를 되찾기는 힘들어 보였다.

교봉과 내기를 하고, 승부에 관계없이 구천신룡을 만나 인사라도 나누려던 계획은 머릿속에서 사라진 지 오래였다.

차디찬 분노만이 무럭무럭 자라나고 있었다.

그때 요령이 앞으로 나섰다.

"지랄하기에 따끔한 맛을 보여 줬을 뿐이다."

순간, 백의 사내에게서 더없이 싸늘한 기운이 뭉클 피어났다.

요령 역시 지지 않고 기운을 풀어냈다.

그에 대기가 낮게 가라앉으며 긴장감이 휘돌았다.

그때였다.

"지랄하면 따끔한 맛을 보여 줘야지. 암, 그렇고말고."

누군가가 갑작스럽게 끼어들었다.

늙수그레한 음성만으로도 노인이라는 것쯤은 어렵지 않게 알 수 있었다.

"누구냐?"

백의 사내가 차갑게 호통을 쳤다.

바로 그 순간 금속이 부딪치는 듯한 요란한 소리가 빠르게 접근해 왔다.

백의 사내의 수하들로 보이는 이십여 명의 무인들이 사위를 경계하는 순간, 멀찍이서 구경하고 있던 사람들의 머리를 뛰어넘는 희끗한 그림자가 있었다.

쩔그랑!

쇳소리가 요란한 가운데 탄탄한 체구를 자랑하는 노인이 장내로 내려섰다.

희한하게도 얼굴은 육십 대 중노인이 분명한데, 상체의 근육은 삼십 대 장한에 비견될 정도로 단단해 보였다.

더욱 특이한 것은 온몸 구석구석에 갖가지 병장기들을 줄줄이 달고 있다는 것이다.

"호오! 네가 구천신룡이구나."

노인의 시선이 용소진의 머리에서 허리에 걸린 구룡창으로 이동했다.

"정체를 밝혀라."

그렇지 않아도 머리끝까지 화가 치밀어 있던 차에 자신을 무시하는 듯한 노인의 행태에 백의 사내의 분노는 하늘을 찌를 듯했다.

"시끄럽다."

짤막한 노인의 한 마디. 백의 사내의 이성을 마비시키기에 부족함이 없었다.

"이런 쳐 죽일 늙은이가…… 헙!"

백의 사내가 호통을 지르다 다급성을 내뱉었다.

괴노인의 손이 그를 덮쳐 가고 있었던 것이다.

백의 사내가 딱딱하게 굳은 얼굴로 신형을 틀었다. 그의 수하로 보이는 무인들이 다급히 병장기를 뽑아 괴노인을 향해 달려들었다.

쩔그랑!

요란한 쇳소리가 고막을 파고든 순간 괴노인의 신형이 뼈

없는 동물인 양 흐느적거렸다.

쉭! 쉭쉭!

날카로운 도검이 공간을 가른 순간 흐느적거리던 괴노인의 신형이 그 사이사이를 관통하더니 막 안도의 한숨을 내쉬던 백의 사내를 붙잡아 갔다.

깜짝 놀란 백의 사내가 신형을 빙글 회전시켰다.

회전이 멈추어진 순간 예기를 뿌리는 날카로운 검이 사내의 손에 들려 있었다.

그리고 괴노인은 사라지고 없었다.

피를 흘리고 쓰러졌어야 할 괴노인의 모습이 하늘로 솟았는지, 아니면 땅으로 꺼졌는지 보이지가 않았다.

그렇다면 한 곳뿐이었다.

그 짧은 순간에 자신의 뒤로 이동했다는 것이 믿어지지가 않았지만, 따끔거리는 뒤통수가 그렇다는 것을 알려 주었다.

"……!"

서늘한 기운이 백의 사내의 등줄기를 훑었다.

두 눈의 눈동자가 한쪽으로 느리게 움직였다.

"방해 말고 꺼져라."

뒤쪽에서 괴노인의 음성이 들려왔다.

그러더니 느닷없이 백의 사내의 신형이 허공을 날았다.

괴노인이 백의 사내의 뒷덜미를 잡아 뒤쪽으로 던져 버린 것이다.

백의 사내는 꼿꼿이 굳은 채로 날아갔다. 괴노인이 혈을 짚어 버렸기 때문이다.

족히 십여 장은 날아간 것 같았다.

그리고,

빡!

멀리서 박 깨지는 듯한 소리가 들려왔다.

지면을 향해 거꾸로 떨어져 내리던 백의 사내가 마침 짐수레를 끌고 가던 황우(黃牛)의 단단한 머리통 위로 정확히 내리꽂힌 것이다.

사람들이 눈을 찔끔 감았다.

백의 사내의 수하들이 화들짝 놀란 모습으로 황급히 뛰어갔다.

"고, 공자!"

그 모습을 보며 괴노인이 혀를 찼다.

"쯧쯧쯧! 뼈다귀라도 여물었을라나."

사람들의 시선이 괴노인에게로 향했다.

그러거나 말거나 신경 쓰지 않는다는 듯이 팔자걸음으로 휘적휘적 다가왔다.

그러더니 밑도 끝도 없는 말을 했다.

"안 보인다 했더니 아주 재미가 좋구나?"

"왔냐?"

용소진 등의 시선이 요심개에게로 향했다.

두 사람이 잘 아는 사이라는 것을 알 수 있었기 때문이다.

괴노인이 요령을 돌아봤다.

"철 할아버지 왔어?"

"오냐. 나 왔다."

괴노인이 요령에게 손을 내밀었다.

그러자 요령이 슬쩍 시선을 돌리며 그 손을 외면했다.

그에 괴노인이 한 걸음 다가서며 손을 더 가까이 내밀었다.

그러자 요령이 슬쩍 홍동곽을 쳐다봤다.

순간 홍동곽의 얼굴이 살짝 일그러졌다.

무슨 일인지는 모르나 홍동곽이 나설 일이 아니었다. 하나 요령이 나서길 원하고 있었다. 홍동곽은 요령의 요구를 거부할 수가 없었다.

거부했다가는 무슨 소리를 들을지 몰랐기 때문이다.

"뭘 달라는 거요?"

"곰 새끼는 참견 마라."

홍동곽은 괴노인의 입에서 요심개가 자기를 부를 때 쓰는 말이 튀어나오자 순간 발끈했다.

"망할 늙은이가…… 어? 헙!"

막 성을 내던 홍동곽이 다급성을 질렀다.

괴노인의 신형이 자신을 향해 돌아선다 싶은 순간, 순식간에 시야에서 사라져 버렸기 때문이다.

"꺼져라."

괴노인의 나직한 일갈과 함께 홍동곽의 신형이 허공으로 날았다.

괴노인이 좀 전의 백의 사내와 마찬가지 수법으로 집어 던진 것이다.

찌이익!

허공중의 홍동곽의 옷자락이 갑작스레 터져 나갔다.

다급하게 불혼탄괴공을 끌어올렸던 것이다.

"엇? 희한한 놈이네."

괴노인이 놀랍다는 얼굴을 했다.

그것도 잠시였다.

"응? 저, 저거?"

괴노인이 요령을 빠르게 돌아봤다.

"왜 쟤가 걸치고 있냐?"

그에 요령이 배시시 웃었다.

괴노인이 눈을 크게 뜨며 요심개를 돌아봤다.

하지만 요심개는 먼 산 쳐다보듯 고개를 돌리고 있었다.

괴노인의 이름은 철공도였다.

딱히 별호는 없었다. 그저 철공도일 뿐이었다.

하지만 그는 한 가문의 가주였다. 그리고 그 사실은 요심개 조손만이 알고 있었다.

십전철가(十全鐵家).

철공도는 십전철가의 당대 가주였다.

십전철가는 병장기들을 제작하는 철방이었는데, 그곳에서 제작된 병기치고 신병이 아닌 것이 없었다. 당연히 이름 높을 수밖에.

수백 년 전, 철검무적보라는 무파가 십전철가를 병탄하려 한 적이 있었다.

실제로 철검무적보는 어렵지 않게 십전철가를 꿀꺽했다.

그 과정에서 십전철가의 식솔들이 꽤나 많이 죽거나 사로잡혔다.

하지만 가주를 비롯한 실력 있는 장인들은 단 한 사람도 잡히지 않았다.

철검무적보는 빈껍데기만 차지한 것이다.

그리고 이 년이 채 지나기도 전에 철검무적보는 피에 잠기고 말았다.

십전철가의 살아남은 장인들이 신병을 무더기로 만들어 내 철검무적보와 마찰이 있던 무파들에게 퍼트려 버린 것이다.

그 후로 십전철가라는 이름은 강호에서 사라져 버렸다.

세월이 흐르면서 십전철가의 가주들은 당시에 만들어졌던 신병들을 하나씩 회수하기 시작했다.

그것이 선대로부터 내려져 온 명이었다.

모두 회수하기 전까지 십전철가라는 이름은 강호에 나올 수가 없었던 것이다.

철공도는 신병들을 회수하는 데 수단과 방법을 가리지 않았다.

막대한 금전을 지불하여 회수하기도 했고, 그것이 통하지 않을 때는 훔쳐 내기도 했다.

요심개 조손은 그럴 때 제격이었다.

홍동곽이 걸치고 있는 철잠만환포는 철공도의 부탁을 받고 요령이 훔쳐 낸 물건이었다. 한데 그것을 홍동곽에게 줘 버린 것이다.

요령이 철공도를 제대로 쳐다보지 못한 이유였다.

다시 들어온 객잔엔 바늘 떨어지는 소리마저 들릴 것만 같았다.

팔짱을 낀 철공도가 두 눈을 지그시 감고 있는 동안 무거운 침묵이 자리했다.

누구 하나 입을 열지 못했다.

그때 한쪽에서 홍동곽이 다가왔다.

일행들의 시선이 홍동곽의 손으로 향했다.

철잠만환포가 들려 있었다.

요심개 조손을 제외한 일행들은 철점만환포가 철공도의 물건이라는 말만 들었다.

홍동곽은 아쉬웠지만, 철잠만환포를 돌려주어야만 했다.

그래서 이제 막 객방을 빌려 벗어서 가져온 것이다.

홍동곽이 철잠만환포를 내밀자 철공도가 낚아채듯 가져갔다.

순간, 홍동곽은 가슴 한쪽이 휑해지는 것처럼 진한 아쉬움을 느꼈지만, 어쩔 수가 없었다.

철공도는 철잠만환포를 이리저리 살피더니 이내 품속에서 유지로 감싼 꾸러미를 꺼냈다.

유지를 펼치자 작은 서책과 붓, 벼루 등이 나왔다.

철공도가 서책을 펼치자 병장기들의 이름과 그것에 대한 설명들이 빽빽하게 적혀 있었고, 대부분의 병장기에 줄이 그어져 있었다.

몇 장을 넘기자 철잠만환포라는 이름이 나왔다.

신축성이 어떻고 도검불침이 어떻다는 설명이 가득했다.

홍동곽이 고개를 끄덕였다. 어쩐지 자신이 받는 충격이 덜한 것 같다고 여기고 있었는데, 공력이 증가한 때문이 아닌 모양이었다.

그러거나 말거나 철공도는 벼루에 묵을 갈았다.

그 모습이 너무나 진중해 보여 모두들 말없이 지켜봤다.

일행들이 지켜보는 가운데 붓을 집어 든 철공도가 먹물을 듬뿍 묻히더니 서책에서 철잠만환포라는 이름에 붓을 가져갔다.

시커먼 줄이 그어졌다.

철공도는 그 줄을 바라보며 감격한 표정을 했다.

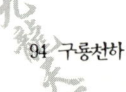

"이제 두 개 남았구나."

무슨 말인지 알지 못하는 이들은 그저 눈만 깜박일 뿐이었고, 요심개는 고개를 끄덕였다.

그때 철공도가 철잠만환포를 집어 들더니 요령에게 던지듯 건넸다.

"……?"

"분명 회수했으니 이제 내 맘이다. 너 가져라."

第四章

동정수룡채

철혈패천문(鐵血覇天門).

광동성(廣東省) 강문(江門)에 자리한 철혈패천문의 육중한 정문이 활짝 열려 있었다.

철혈패천문의 정문은 팔두마차 세 대가 동시에 진입할 수 있는 어마어마한 크기의 철문이었다.

그 거대한 철문이 활짝 열려 있다는 것도 놀랄 만한 일이지만, 철혈패천문의 둘째 공자가 직접 마중을 나와 있다는 사실은 더욱 놀랄 만한 일이었다.

삼십여 명의 가장 앞쪽에 푸른 장삼을 잘 차려입은, 이마에 영웅건을 질끈 동여매고 있는 열여덟 살의 소년.

철혈투룡(鐵血鬪龍) 하후표.

하후량의 동생이자 철혈패왕 하후장천의 둘째 아들이 바로 그였다.

하후표의 얼굴 한쪽엔 못마땅함이 떠올라 있었다.

'쳇, 한낱 의원 따위에 마중까지 해야 한단 말인가?'

하후표의 그런 심중을 알았는지 곁에 있던 풍운단(風雲團)의 단주 두천영이 입을 열었다.

"주모께서 일어나실 수만 있다면 천리 밖이라도 상관없지 않겠습니까?"

"그야 그렇지만, 제세원(濟世院)에서도 방도가 없다고 하지 않았느냐? 게다가 이름 있다는 명의들도 죄다 고개를 저었질 않느냐?"

"이번엔 조금 다른 모양입니다."

"달라?"

"예. 제세원주께서 직접 추천하신 모양입니다."

"제세원주께서?"

놀라워하는 하후표의 반문에 두천영이 고개를 끄덕였다.

의원들도 무인과 다르지 않아 자존심 강하기로 유명했다.

제세원의 원주로 있는 갈의성수(葛衣聖手) 종노관 역시 마찬가지였다.

자신이 고치지 못하는 환자는 천하의 누구도 고칠 수 없다고 자신하는 그였다. 그리고 지금까지는 그의 말이 결코 그르지 않았다.

그런 갈의성수가 처음으로 추천을 했다고 한다.

"도대체 누구이기에……."

"운남일대에서는 성수의가(聖手醫家)라 부른답니다."

"성수의가……."

하후표가 나직이 읊조리는 가운데 멀리 말발굽 소리가 들려오고 있었다.

평범한 이두마차였다.

그리고 마차의 앞뒤를 오십여 명의 무인들이 호위하는 모양새였다.

선두에 있던 무인들 중 한 명이 마상에서 뛰어 내려와 하후표 앞으로 빠르게 다가왔다.

"풍운단(風雲團)의 삼조장 곽한이 이공자님을 뵙습니다."

그에 하후표가 말없이 고개를 끄덕였다.

"데려왔느냐?"

곁에 있던 두천영의 물음에 곽한이 그를 향해 대답했다.

"그렇습니다."

그때였다.

덜컥!

마차 문이 열렸다.

그러더니 작은 인영이 폴짝 뛰어나왔다.

이제 열 살이나 먹었을 것 같은 통통한 사내아이였다.

"다치면 어쩌려고 그러니?"

차분한 음색이었다.

옥음이니 하는 것과는 거리가 멀었지만, 듣는 것만으로도 마음이 편안해질 것만 같았다.

하후표의 시선이 목소리의 주인공을 기다렸다.

"으랏차차차!"

앞서 뛰어나온 소동이 요란하게 기지개를 켜는 가운데 새하얀 경장을 차려입은 여인이 모습을 드러냈다.

그리 크지 않은 키에 조금은 말라 보이는 체형의 여인이었다.

여인이 돌아섰다.

희고 고운 얼굴에 새까만 눈동자, 달콤함이 묻어날 것만 같은 선홍빛 입술.

상당한 미모였지만, 소박하고 수수한 꾸밈에 빛을 잃었다.

그래도 여느 사내라면 한 번쯤 돌아보기에 충분했다.

하나 하후표에게는 그렇지 못했다.

인근의 소문난 미인들은 죄다 만나 본 그였기에 눈앞에 다가오고 있는 여인의 미모로는 그의 시선을 끌지 못했던 것이다.

이윽고 하후표의 앞까지 다가온 여인이 다소곳하게 예를 올렸다.

하지만 그것조차 하후표의 마음에 들지 않았다.

그가 지금껏 만나 본 여인들처럼 그의 환심을 사려는 듯 보였기 때문이다.

"화씨의가의 화영령입니다. 연로하신 조부님을 대신하여 환자를 살피러 왔습니다."

순간 하후표의 미간이 슬쩍 찌푸려졌다.

더욱 마음에 들지 않았다.

연로하다는 조부라는 사람이 직접 와도 어찌 될지 모르는 판국에 눈앞의 여인은 뭐란 말인가?

감히 철혈패천문을 업신여기는 건가?

화가 난 하후표는 그 자리에서 홱 돌아섰다. 그러더니 그 길로 정문을 통해 곧장 돌아가 버렸다.

짧은 순간 어색한 침묵이 감돌았다.

"아씨, 저 형 뭐야? 누나를 무시하는 거야? 그냥 콱……."

뒤늦게 다가온 어린 소동이 하후표를 향해 삿대질을 하며 방방 뛰다 노려보는 두천영의 시선과 부딪쳤다.

"아니, 뭐……. 누나, 돌아가자. 반기지도 않잖아!"

"대보, 넌 누가 반겨 주길 바라고 온 거니? 환자를 보러 온 게 아니야? 그랬다면 실망인걸."

화영령이 한숨과 함께 고개를 젓자 엽대보가 머리를 긁적이며 멋쩍은 웃음을 지었다.

"헤헤헤! 당연히 환자를 보러 왔지."

화영령이 살짝 미소를 지었다.

그러더니 먼 길을 함께한 곽한을 돌아봤다.

"오는 동안 신경 써 주셔서 감사했습니다."

"할 일을 한 것뿐입니다."

이윽고 두천영을 돌아본 화영령이 정중히 말했다.

"안내해 주시겠습니까?"

그런 홀대를 받고도 의외로 차분한 화영령의 모습에 두천영은 적잖이 감탄했다. 그러나 겉으로 드러내지는 않았다.

"먼저 문주님께 안내해 드리겠습니다."

"아닙니다. 환자가 위중하다 알고 있습니다. 지체하지 않는 게 좋을 것 같습니다."

두천영의 얼굴 위로 탄복한 표정이 스쳐 갔다.

'어린 아가씨가 제법이구나.'

철혈패천문에 처음 오는 보통의 사람이라면 어지간한 강심장이 아니고서는 대개 위축되고 만다. 한데 전혀 그런 모습이 보이지 않았다.

거기다 문주를 만나게 해 주겠다는데도 환자가 먼저란다. 자신의 일에 절대 태만하지 않는 부류일 것이다.

두천영은 이런 사람을 좋아했다.

그의 얼굴에 웃음이 감돌 수밖에 없는 이유였다.

"그렇게 하겠습니다. 가시죠."

두천영은 기꺼운 마음으로 앞장섰다.

그의 뒤를 화영령과 엽대보가 따랐다.

높고 푸른 가을 하늘 아래 화영령은 그렇게 철혈패천문으로 들어섰다.

*   *   *

용소진 일행은 호북성으로 가야 했다.

호북성과 하남을 관통하여 북상하면 목적지인 하북성이기 때문이다.

호남성 장사(長沙)에서 상강(湘江) 하류로 내려가면 동정호(洞庭湖)를 만나게 된다. 동정호를 건너 장강을 타고 북동으로 이동하면 호북성(湖北省) 무한(武漢)에 이를 수 있다.

그리고 무한에서 육로로 북상하면 하남성이 지척이었다.

홍동곽이 제시한 행로였다.

그는 두 가지만 생각했다.

수로를 이용하게 되면 한꺼번에 일천이니 이천이니 하는 숫자와 격돌하는 일은 없을 것이라는 사실과 황보가(皇甫家)가 호남성 장사에 있다는 사실이었다.

파혼권협(破魂拳俠) 황보중도는 용소진에게 호의적이었기에 어쩌면 소소한 도움을 받을 수 있을지도 몰랐던 것이다.

설사 도움을 받지 못한다 하더라도 상관없었다. 적어도 적대적으로 나오지는 않을 것이기 때문이었다.

일행은 결국 홍동곽이 생각한 행로를 선택했다.

나쁘지 않은 생각이었고, 딱히 반대하는 의사도 없었기 때문이다.

 오 일 후, 일행은 호남성 장사에 도착했다.

 그리고 황보중도를 비롯한 황보가의 무인들을 만날 수 있
었다.

 백여 명에 달하는 숫자였다.

 적대적인 분위기는 아니었지만 의아스러웠다.

 그들과 그리 떨어지지 않은 곳에 개방의 걸개들 십여 명이
있었기 때문이다.

 그리고 족히 오백은 되어 보이는 각양각색의 무인들, 탐욕
을 좇는 무리들이었다.

 용소진 일행은 주위를 살피며 황보가의 무인들을 향해 다
가갔다.

 가슴을 펴고 당당하게 걷는 일행의 모습을 수많은 시선들
이 지켜봤다. 대부분이 호기심 가득한 시선들이었다.

 이윽고 용소진을 비롯한 일행들의 걸음이 멈추어졌다.

 "어떤가? 여유가 있는가?"

 황보중도가 용소진을 보며 한 말이다.

 용소진이 옅은 웃음을 흘렸다.

 그는 황보중도와 헤어질 때 나누었던 말을 기억했다.

 "없더라도 만들기로 하지 않았습니까?"

 "하하하! 그랬지. 분명 그렇게 말했었네."

정말 기쁜 듯 크게 웃는 황보중도의 모습에 용소진의 웃음도 더욱 짙어졌다.

그때 두 사람의 교감에 찬물을 끼얹는 자가 있었다.

"정녕 개방과 등을 돌리실 작정이시오?"

개방의 장사 분타의 부분타주인 나여추라는 자였다.

장사 분타의 걸개들 중 절반 이상이 총타로 향했다. 바로 눈앞에 있는 구천신룡을 상대하기 위해서였다.

그 때문에 지금 이 자리에 나와 있는 나여추를 포함한 십여 명이 장사에 남아 있는 인원의 전부였다.

나여추의 말에 황보중도가 그를 돌아봤다.

용소진을 바라볼 때와는 달리 무심하기 짝이 없는 얼굴이었다.

"개방이 그런 말할 자격이 있으시오?"

"황보 대협! 그게 무슨 말씀이시오?"

"본가에서 동정수룡채(洞庭水龍寨) 때문에 도움을 청했을 때 일언지하에 거절한 게 개방이 아니었소?"

"그, 그건……."

"아직도 끝나지 않았소. 어디선가 원조를 해 주는지 수적들의 기세가 욱일승천하고 있는 마당이오. 개방의 도움? 흥! 이제는 본가가 거절하겠소. 그러니 본가에 이러쿵저러쿵 하지 말길 바라오."

"황보 대협!"

나여추의 음성엔 간절함이 있었지만, 황보중도는 거들떠보지도 않았다. 그만큼 쌓인 게 있었으리라.

"본가에서는 개방과 구룡천부 간의 일엔 나서지 않을 것이오. 하지만……."

말을 끊은 황보중도가 고개를 돌려 멀리 떨어져 있는 수많은 무인들을 바라보며 목청을 높였다.

"구룡신기를 탐하여 여기 구천신룡에게 칼을 들이대는 자들에겐 본가도 가만히 있지 않을 것이오. 이것이 황보가의 의지요."

황보중도의 발언은 도발에 가까웠다.

그럼에도 누구 하나 나서지 못했다.

구천신룡과 황보가를 동시에 상대할 담력을 지닌 자는 없었던 것이다.

"가세. 하북성까지는 먼 길이네. 본가에서 잠시 쉬었다 가는 것도 나쁘지 않을 걸세."

황보중도의 말에 용소진은 기꺼이 고개를 끄덕였다.

＊　　　＊　　　＊

검은 수염을 단정히 기른 중년인, 육십이라는 나이에 걸맞지 않은 매우 청수한 외모를 자랑했는데, 그가 바로 갈의성수 종노관이었다.

"배를 열어야 한단 말이냐?"

종노관의 말에 화영령이 고개를 끄덕였다.

환자는 상행결장의 끝부분에 위치한 두 치 길이의 장기가 상했다. 보통은 침술로도 회복이 가능한데 아무래도 제때에 치료를 받지 못한 것 같았다.

지금까지는 눈앞의 갈의성수가 호장침으로 악화를 막아 왔지만, 이제는 한계에 다다랐다. 침술만으로 회복하기에는 이미 늦은 상태였다.

더 늦기 전에 떼어 내야만 했다.

지금으로서는 그 방법만이 살길이었다.

하지만 배를 열어야 한다는 것은 결코 쉬운 일이 아니었다.

환자와 그의 가족들이 받아들일지가 의문이었다.

갈의성수마저 믿지 못하고 있지 않은가?

"경험은 있느냐?"

"비슷한 환자가 종종 있었습니다."

"흠!"

갈의성수 종노관의 미간이 좁아졌다.

고민하고 있는 것이다.

자신이 알지 못하는 방법으로 치료하겠다니, 그로서는 고민하는 것이 당연했다.

"이건 내가 결정할 일이 아니다. 한 가지만 묻겠다. 네 조부께서는 언제부터 개복을 하였느냐?"

화영령이 종노관을 물끄러미 바라봤다.

묻는 의도가 무엇인지 궁금했기 때문이다. 하나 쳐다본다고 알 수 있는 성질의 것이 아니었다.

해가 될 일은 없을 것 같았기에 대답했다.

"십 년쯤 되었습니다."

"십 년이라……. 물론 자신 있겠지?"

"성수라 불리시는 원주님께서 도와주신다면 그렇습니다."

하루가 지났다.

철혈문의 문주인 하후장천이 기거하는 철혈각(鐵血閣)은 밤새 불이 밝았다.

그리고 승낙이 떨어졌다.

화영령은 승낙이 떨어졌다는 말을 종노관을 통해 듣자마자 하후표의 방문을 받았다.

하후표는 싸늘한 눈으로 으름장을 놓고 돌아갔다.

결과가 좋지 못할 시에는 화영령은 물론이고 운남성의 화씨의가까지 온전치 못할 거라고 했다.

화영령은 말없이 응수했고, 결국 하후표는 돌아갔다.

얼굴색 한 번 변하지 않고 하후표를 돌려보낸 화영령의 모습에 종노관은 적잖이 감탄했다.

종노관은 화영령의 그런 굳건한 모습에 불안감이 잦아드는 것을 느꼈다.

"필요한 게 무엇이냐?"

종노관의 물음에 화영령이 그를 쳐다보며 옅게 웃었다.

"필요한 게 많습니다만, 가장 중요한 것은 원주님의 도움입니다. 소녀 혼자서는 해낼 수가 없거든요."

*　　　*　　　*

두 척의 누선(樓船)과 열두 척의 쾌속선이 상강 하류로 향했다.

용소진 일행을 태운 황보가의 선박이었다.

황보가의 가주 황보중강은 용소진 일행이 수로를 이용하려 한다는 말을 듣고는 다시 생각해 보기를 권했다.

동정수룡채 때문이었다.

동정호를 차지한 수적들과 부딪칠 것이 분명하니 육로를 택할 것을 권한 것이다.

용소진은 그게 나을지도 모르겠다고 생각했다. 육로를 택한다면 싸울 일이 없을지도 몰랐기 때문이다.

한데 홍동곽이 그냥 수로를 택하자고 했다.

육로로 이동하다 수천을 상대하느니 차라리 수적들과 싸우는 게 낫지 않겠느냐는 것이다.

게다가 황보가가 수적들과 싸우고 있으니 이 기회에 황보가를 도와 수적들을 처리하는 것이 양민들을 위해서 좋을 거라고 했다.

황보가로서는 이보다 좋을 순 없었다.

풍진개를 쓰러트린 용소진이 합류해 준다면 동정호의 수적들 따위는 그야말로 추풍낙엽일 것이기 때문이다.

용소진은 홍동곽이 그렇게까지 말하자 거부할 수가 없었다. 그가 거부하면 의형인 홍동곽의 체면이 깎이는 일이 되기 때문이었다.

황보가가 지금까지 동정호의 수적들을 쉽게 처리하지 못한 이유는 수적들의 세력이 예상외로 거대한 이유도 있지만, 근본적인 이유는 황보가가 수상전투에 능하지 못한 탓이었다.

처음 전투가 벌어졌을 때는 다섯 척의 쾌속선만 잃고 돌아왔다.

수적들 중 물질에 능한 자들이 있어 배에 구멍이 뚫렸던 것이다.

그 후로 황보가는 물속에서 접근해 오는 수적들과 누선에서 날아오는 쇠뇌, 그리고 숫자에서 앞서는 수적들의 쾌속선을 동시에 상대해야 하는 어려움을 겪어야 했다.

특히 쇠뇌는 한 발씩 연사하는 개인용이 아니라 한꺼번에 수십 발을 발사하는 대형 쇠뇌로 수적들의 누선에는 십여 개씩 장착되어 있었다.

결국 황보가는 수상전투를 배제하고 육상을 통해 수적들을

공격하고 고립시켜 나갔다.

하지만 그것만으로는 수적들을 물리칠 수가 없었다. 수적들의 소굴이 동정호 한가운데에 있었기 때문이다.

황보가는 결국 대대적인 수상전투를 벌여야 한다는 것을 깨달았다.

그에 누선과 쾌속선들을 구입하고 대형 쇠뇌 같은 수상전투에 필요한 무구들을 마련해야 했다. 또한 선박들을 움직일 뱃사람들도 필요했다.

하나 거기에는 많은 자금이 필요했다.

바로 그 중요한 시기에 요심개가 만통상회(萬通商會)를 털어 버렸다. 결국은 요심개로부터 더 많은 자금을 돌려받았지만, 당시에 황보가로서는 청천벽력 같은 악재일 수밖에 없었다.

그런 과거의 일이 지나고 현재는 누선 두 척과 열두 척의 쾌속선이 현재 가용할 수 있는 숫자였고, 황보가는 그것 전부를 움직였다.

구천신룡이라는 엄청난 원조가 있을 때 수적들을 완전히 박멸해 버릴 심산이었던 것이다.

쾌속선 열두 척이 앞서고 바로 그 뒤를 거대한 삼 층 누선 두 척이 따랐다.

열두 척의 쾌속선들은 선봉에서 돌격선 역할을 하지만, 상황에 따라 누선을 호위하는 역할을 한다.

하여 속도가 중요했다.

황보가의 무인들도 모두들 물질과 노질을 배웠다.

수적들처럼 민활하지는 않지만, 정심한 내력이 있기에 속도에서는 결코 처지지 않았다.

황보가에서는 그거면 충분했다.

전투가 벌어지면 쾌속선을 이용해 최대한 빨리 적선으로 다가간 다음 고수들을 적선으로 투입하는 것이 황보가의 기본 전략이었기 때문이다.

상대적으로 무공이 현저하게 떨어지는 수적들이기에 충분히 통할 만한 방법이었다.

수적들은 두 척의 누선과 스물세 척의 쾌속선들을 가졌다.

정탐꾼들이 가져온 정보로는 그랬다.

과연 멀리 두 척의 누선이 당당했다.

그 앞쪽으로 늘어선 쾌속선들은 스물 전후일 것 같았다.

수적들의 전투 방식은 항상 같았다.

일정한 거리가 되면 누선에서 쇠뇌를 쏟아 붓는다.

그것으로 타격을 입힌 다음 쾌속선들이 득달처럼 달려들어 적선 위로 오르는 것이다.

간혹 거리가 가까워지면 불화살을 날리기도 하는데, 어지간해서는 잘 써먹지 않는 수법이다. 자신들의 전리품을 태우고 싶은 수적은 없기 때문이다.

"휴우! 많구나."

한숨을 내뱉는 홍동곽.

홍동곽은 상강을 처음 본 순간 자신의 판단에 문제가 있음을 깨달았다.

상강의 폭이 그의 상상을 훌쩍 넘어서 버렸기 때문이다.

그가 본 강이라야 쾌속선 열 척이 늘어서면 빽빽해질 정도의 폭이었다.

설마하니 그 세 배, 네 배를 넘어서는 강이 있으리라곤 생각도 못했다.

"많지. 그래서 네 역할이 중요하다."

요심개의 말에 홍동곽이 울상을 하며 말했다.

"그거 꼭 해야 합니까?"

"네 녀석이 원했던 게 아니냐?"

뒤쪽에서 들려오는 소리에 홍동곽이 돌아봤다.

철공도였다.

"재밌을 것 같은데 왜 그러냐? 천하에 네 이름 석 자를 떨칠 수도 있겠구만. 크흘흘!'

'엠병할 영감탱이들 같으니라구.'

홍동곽이 그렇게 속으로 두 사람을 욕할 때 누군가가 큰 소리로 외쳤다.

"모두들 정신 바짝 차려라. 이제 곧 쇠뇌의 사거리 안으로 들어갈 것이다."

이층에서 들려온 목소리였다.

홍동곽이 돌아보니 황보가의 주요 인물들이 멀리 전방을 바라보고 있었다. 그리고 바로 그 뒤쪽으로 용소진과 검무양의 모습도 보였다.

둘 다 무슨 생각을 하고 있는지 무표정한 얼굴들이었다.

'재미없는 놈들.'

홍동곽이 고개를 저었다.

그때였다.

"온다."

짤막한 요심개의 음성.

바로 그 순간 쩌렁한 음성이 고막을 찢을 듯 터져 나왔다.

"쇠뇌를 쏴라. 응사하란 말이다!"

황보중도의 고함에 미리 대기하고 있던 자들이 일제히 쇠뇌를 발사했다.

쏴아아!

마른날에 장대비 쏟아지는 소리가 허공을 가득 채웠다.

홍동곽이 고개를 돌려 하늘을 쳐다봤다.

"지랄 맞게 많구나."

하늘을 빽빽하게 채우며 날아오는 화살들. 무공이 떨어지는 자들에겐 공포 그 자체였다.

용소진은 심유하게 가라앉은 눈으로 전방을 바라봤다.

하늘을 가리고 날아드는 화살들. 마치 수백 마리의 철새 떼가 한꺼번에 날아오른 것처럼 그렇게 하늘을 새까맣게 채우고 있었다.

끼릭! 끼리릭! 찰칵!

구룡창에서 창날이 튀어나오며 기세를 올렸다.

감히 범접치 못할 웅혼하고 신비로운 기운이 은연중에 흘러나왔다.

용소진의 그런 모습에 곁에 있던 검무양이 기분 좋은 미소를 지으며 검을 뽑아 들었다.

스―릉!

기분 좋은 울림이 공간을 채웠다.

용소진이 돌아봤다.

두 사람의 입가에 비슷한 미소가 맴돌았다.

바로 그 순간, 수백 개의 화살들이 일제히 쏟아져 내렸다.

후두두둑! 투두둑! 퍼퍽!

요란한 소리가 뱃전 가득 울려 퍼졌다.

"으아악!"

"크흑!"

미리 준비해 둔 방패로 몸을 가렸지만, 한꺼번에 쏟아진 화살들을 완전하게 받아 내지는 못했다.

사상자가 발생한 것이다.

황보중도가 재빨리 주위를 둘러봤다.

적지 않은 숫자가 피를 봤다. 저만큼 간격을 유지하고 있는 또 다른 누선을 바라봤다.

　그쪽엔 황보중도의 동생인 황보중평이 황보가의 정예들을 이끌고 있었다.

　이쪽보다는 덜할 것이다. 아니, 그래야만 했다.

　핏발 선 눈으로 둘러보던 황보중도가 크게 소리를 질렀다.

　"쇠뇌를 발사해라."

　바로 그때였다.

　"또 옵니다."

　"뭐야?"

　황보진광의 다급한 외침에 황보중도가 재빨리 돌아섰다.

　또다시 하늘을 빽빽하게 채우고 있는 화살들, 빨라도 너무나 빨랐다. 마치 재장전하는 시간을 건너뛴 것 같았다.

　"어떻게?"

　"누, 누선이 네 척입니다."

　순간 황보중도의 눈이 화등잔만 해졌다.

　두 척의 누선 바로 뒤로 또 다른 두 척의 누선이 슬쩍 모습을 드러내고 있었다.

　아무래도 정탐꾼들이 있을 것을 예상하고 두 척을 철저하게 감추어 놓았던 듯싶었다.

　황보중도는 머릿속이 하얗게 탈색되는 것 같았다.

　세 척이라면 또 모를까, 네 척이라면 필패였다.

고수들을 태운 쾌속선이 채 다가가기도 전에 두 척의 누선에 장착된 쇠뇌의 밥이 되고 말 것이 분명했다.

평지라면 그리 크게 문제가 되지 않겠지만, 운신하기도 힘들 정도로 비좁은 쾌속선에서 쏟아지는 화살들을 일일이 쳐낸다는 것은 결코 쉬운 일이 아니기 때문이다.

무조건 후퇴해야만 했다.

하지만 황보중도는 물러서지 않았다. 물러서기에는 이미 늦은 상태라고 판단한 것이다.

그때였다.

붉은 그림자가 이물 쪽으로 튀어 나갔다.

용소진이었다.

이물로 내려선 용소진은 구룡창을 난간 바로 옆에 박아 놓은 다음 요심개와 철공도가 사용하려고 준비해 놓은 굵은 밧줄을 집어 들었다.

그러더니 한쪽 끝을 붙잡아 허공을 가득 메운 채 날아오고 있는 화살 떼를 향해 날려 보냈다.

전방으로 날카롭게 쏘아져 간 밧줄이 오 장에 이른 순간 손바닥을 훑고 빠져나가는 밧줄을 강하게 움켜쥐었다.

순간, 밧줄이 팽팽해지는가 싶더니 튕겨졌다.

바로 그 순간을 노려 밧줄을 머리 위로 휘돌렸다.

허공에서 밧줄이 요동을 쳤다. 마치 거대한 이무기가 용틀임하는 양 요란했다.

틱! 티틱! 티티틱!

새까맣던 하늘에 커다란 구멍이 뻥 뚫렸다.

요동치는 밧줄이 화살들을 사방으로 튕겨 낸 것이다.

용소진의 신기에 황보가 무인들이 놀라움을 금치 못했다.

"뭣들 하느냐? 쇠뇌를 발사해라."

황보중도의 고함에 정신을 차린 무인들이 분주히 움직였다.

그 모습을 확인한 황보중도가 용소진을 내려다보며 중얼거렸다.

"무공만 강한 게 아니라 기지 또한 보통이 아니구나."

용소진의 수법을 확인한 다른 누선에서도 누군가가 나서서 밧줄을 날렸다.

보지 않아도 알 수 있었다.

황보중평일 것이 분명했다.

지금 용소진이 펼치는 수법은 아무나 할 수 있는 게 아니기 때문이다.

황보중도가 가슴을 쓸어내렸다.

"좋다. 이대로 밀고 간다."

황보중도의 명을 받은 무인이 깃발을 저으며 저쪽 누선을 향해 신호를 보냈고, 곧이어 전선들이 속도를 내기 시작했다.

그러는 사이 수적들 쪽에서 두 번에 걸친 쇠뇌 공격이 있었지만, 효과를 보지 못했다.

뿌—우!

수적들 진영에서 기다란 호각 소리가 들려오더니 스물 정도 되어 보이는 수적들의 쾌속선이 빠르게 움직였다.

네 척의 누선들도 속도를 내고 있었다.

그뿐이 아니었다.

새로 모습을 드러낸 두 척의 누선들 뒤쪽에서 이십 척에 가까운 쾌속선들이 다시 모습을 드러냈다.

황보가의 정탐꾼들이 수적들에게 철저히 농락당했던 것이다.

황보중도의 표정이 심각하게 굳어졌다.

"어찌해야 하는가?"

중얼거린 황보중도의 시선이 이물에 우뚝 선 채로 밧줄을 회수하고 있는 용소진에게로 닿았다.

*   *   *

동정수룡채(洞庭水龍寨).

채주는 혈수룡(血水龍) 편마작이란 자였다.

태사의에 꼿꼿이 앉아 있는 붉은빛이 감도는 얼굴에 범의 눈, 용의 수염을 한 중년인이 바로 그였다.

"황보중강이 직접 나선 것인가?"

"그렇지 않습니다. 황보가주는 나서지 않았다고 합니다. 어

쩌면 구천신룡일지도 모르겠습니다. 그가 합류했다는 보고가
있었습니다."

독안교(獨眼鮫) 곽이의 보고에 편마작의 미간이 한차례 꿈
틀했다.

"구천신룡? 그놈이 왜?"

"그 이유까지는……."

"됐다. 구천신룡이든 뭐든 동정호의 주인은 나다. 이 혈수
룡이란 말이다. 황보가든 구천신룡이든 모두 쓸어버려라."

편마작의 차가운 광기가 수적들의 귓가를 울렸다.

*　　　*　　　*

"뭐 하냐? 수적들이 몰려오는 게 안 보이냐?"

"그, 그래도 그건 좀……."

"네 녀석이 조금만 힘쓰면 그만큼 피를 적게 흘리게 된다
니까 그러네. 저 파릇한 것들이 피를 흘렸으면 좋겠냐?"

긴장된 기색이 역력한 얼굴로 이쪽을 바라보고 있는 황보
가의 무인들, 하필이면 가까이에 있는 이들이 대부분 한참 젊
은 무인들이었다.

홍동곽이 고개를 저었다. 그러더니 문득 용소진을 쳐다봤
다.

용소진의 얼굴엔 궁금하다는 기색일 뿐, 만류하려는 생각

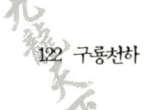

은 없어 보였다.

이에 한숨을 내쉰 홍동곽이 전방으로 고개를 돌려 보니 수
적들의 전선이 벌써 지척까지 다가와 있었다.

홍동곽은 어쩔 수 없이 불혼탄괴공을 가득 끌어올렸다.

"옳거니. 그대로 있어라."

요심개가 부풀려진 홍동곽의 허리에 재빨리 밧줄을 묶었
다.

튼튼하게 잘 묶였는지 살펴보더니 이윽고 홍동곽의 어깨를
두드렸다.

"모양새가 가히 좋지만은 않다만, 어쩌겠냐? 효과가 그만일
것 같은데."

요심개는 정말 그러고 싶지 않다는 듯한 표정을 했다.

하지만 그것이 진심이 아니라는 것을 홍동곽은 잘 알고 있
었다.

'영감탱이, 령아만 아니었으면 그냥…….'

그때 철공도가 자신의 팔목에 차고 있던 칙칙한 묵빛 철환
을 풀어내더니 홍동곽의 팔목에 채웠다.

순간 홍동곽의 두 눈이 부릅떠졌다.

무게가 굉장했기 때문이다.

한데 거기에서 그치지 않았다. 철공도가 발목에서도 철환
들을 풀어낸 것이다. 그것들 역시 홍동곽의 팔목에 채워졌다.

"도합 백 근은 나갈 것이다. 그 정도 무게는 되어야 힘을

발휘할 것 아니냐?'

홍동곽이 울상을 지었다.

그때 요심개가 철공도를 향해 히죽 웃는 게 보였다. 그러더니 다짜고짜 홍동곽의 등짝을 후려쳤다.

파—앙!

홍동곽의 신형이 공기를 터트리며 탄알처럼 쏘아져 갔다.

이물 쪽에서 도검을 치켜든 채로 함성을 지르며 기세를 올리고 있던 수적들이 '어어!' 하는 순간 홍동곽의 신형이 쾌속선의 이물을 강타했다.

쿵!

백 근이 넘어가는 무게가 부딪친 충격으로 인해 이물이 부서졌고, 균형을 잃은 수적들이 배에서 튕겨져 나갔다.

간신히 신형을 유지한 수적들이 아연한 시선으로 지켜보는 가운데 홍동곽의 신형이 한쪽으로 튕겨지고 있었다.

그것도 잠시, 몸을 묶고 있던 밧줄이 팽팽해지는가 싶더니 왔던 곳으로 빠르게 돌아갔다.

홍동곽의 신형이 튕겨지듯 돌아오자 철공도가 허공으로 신형을 솟구쳤다. 돌아오긴 했지만, 원래 있던 자리로 정확하게 돌아오지 않았기 때문이다.

허공으로 신형을 솟구친 철공도의 앞으로 홍동곽이 쏘아져 왔다.

철공도의 탄탄한 근육을 자랑하는 오른팔이 크게 휘둘러졌다.

팡!

홍동곽의 신형이 또 다른 쾌속선을 향해 일직선으로 쏘아
져 갔다.

비좁은 쾌속선이었기에 병장기를 휘두를 만한 공간이 없었
다. 그런 수적들의 머리 위로 홍동곽의 신형이 뚝 떨어져 내
렸다.

쿠—궁!

충격으로 인해 쾌속선이 물속으로 절반쯤 잠겼다가 튕겨져
올랐다.

홍동곽의 신형은 이미 튕겨져 사라진 후였고, 열 명 정도이
던 수적들이 절반가량으로 줄어 있었다. 그나마도 온전치 않
아 보였다.

순식간에 두 척의 쾌속선이 멈춰 버렸다.

정상적이라면 황보가의 무인들이 환호를 지르며 기세를 올
려야 했다. 하지만 세 사람의 수법이 너무나 황당한 탓에 그
저 두 눈을 동그랗게 뜰 뿐이었다.

팽팽해진 밧줄이 홍동곽을 뒤쪽으로 튕기듯 끌어당기자 이
번엔 요심개가 허공으로 신형을 날렸다. 그리고 밧줄은 어느
새 철공도의 손에 쥐어져 있었다.

세 사람의 그러한 모습을 지켜보던 용소진은 내심 한숨을
쉬며 고개를 저었다.

어지간해서는 싫은 일을 하지 않을 홍동곽이었다.

한데 요심개에게 저렇듯 끌려 다니고 있었다. 그다지 좋지 않은 모습임에도 불구하고 말이다. 결국은 요령에게로 생각이 미칠 수밖에 없었다.

'정말 요령 소저에게 마음이 있으신 건가?'

그러는 동안에 누선 앞쪽에 진을 치고 있던 쾌속선 앞으로 수적들의 쾌속선들이 일제히 닥쳐왔다.

홍동곽의 신형이 다섯 척을 무력화시켰지만, 수적들의 쾌속선은 많고도 많았다.

하지만 접전이 벌어지자마자 숫자는 숫자일 뿐이라는 것이 순식간에 드러났다.

황보가의 고수들이 수적들의 쾌속선으로 뛰어들어 굉장한 권경을 질풍처럼 뿜어내자 수적들이 감당을 못하고 피를 뿜으며 사방으로 날아가고 있었던 것이다.

하지만 수적들이라고 당하고 있지만은 않았다.

황보가의 무인들을 향해 날카로운 손도끼들을 집어 던지는가 하면, 물속으로 뛰어들어 배에 구멍을 내려는 이들도 있었다.

그 때문에 물속에서도 혈전이 벌어졌다.

그동안 물질을 배웠다고는 하지만, 수적들만큼 민첩할 수는 없었고, 숫자에서 수적들이 앞섰다.

강물이 순식간에 붉게 물들었다.

황보가의 무인들과 수적들의 시신이 붉게 물든 강물 속에 잠겼다.

용소진과 검무양도 수적들의 쾌속선을 옮겨 다니며 적들을 일거에 휩쓸었다.

검과 창을 거세게 휘둘러 대는 두 사람의 신위는 사납기 짝이 없었고, 맨주먹보다는 날카로운 검과 창이 더욱 두려움의 대상이었다.

결국 두 사람의 무시무시한 기세에 질린 수적들이 일제히 물속으로 뛰어드는 상황이 이어졌다.

그때 수적들의 쾌속선 위에 두 다리를 버티고 선 용소진의 머리 위로 홍동곽의 신형이 탄알처럼 쏘아져 가는 게 보였다.

용소진이 고개를 들고 바라보니 홍동곽의 신형이 수적들의 누선을 향해 날아가고 있었다.

홍동곽의 무공을 알기에 크게 걱정하지는 않았지만, 무모하게 느껴지는 바가 적지 않았다.

쾌속선을 여러 척 박살 낸 홍동곽이 쏘아져 오자 누선 위에 있던 독안교 곽이가 홍동곽을 가리키며 소리쳤다.

"쇠뇌수들은 저놈을 향해 쏴라!'

명이 떨어지기가 무섭게 장전한 채 대기하고 있던 쇠뇌수들이 홍동곽을 향해 쇠뇌를 일제히 퍼부었다.

순간 하늘을 까맣게 채운 화살들이 홍동곽에게로 쏟아졌

다.

퍼버버버벅!

수백 개의 화살들이 홍동곽의 몸을 일제히 두들기자 기세 좋게 쏘아져 오던 홍동곽의 신형이 도로 튕겨져 버렸다. 물론 피를 흘리게 만든 화살은 존재하지 않았다.

파—앙!

튕겨져 물러갔던 홍동곽의 신형이 재차 쏘아져 왔다.

하나 막을 수 있는 쇠뇌가 없었다. 화살들을 장착하는 데 약간의 시간이 필요했기 때문이다.

그것을 알아챈 독안교 곽이가 도끼를 치켜들고는 홍동곽을 맞이했다.

"죽어랏!"

장한의 도끼가 기세를 터트리며 홍동곽의 몸에 작렬했다.

픽!

묵직한 격타음, 그러나 무언가 이상했다.

"……!"

뼈를 부수는 느낌이 없었다. 핏물이 솟구치지도 않았다. 뿐만 아니라 틀어박힌 듯싶었던 도끼가 망연하게도 도로 튕겨졌다.

순간 홍동곽의 양팔이 곽이의 허리를 단단히 틀어 감았다.

"엇!"

깜짝 놀라 다급성을 내지른 순간 허리가 부러질 듯 굉장한 충격이 가해졌다. 그리고는 눈 깜짝할 사이에 허공으로 끌려 갔다.

　"이거 놔! 개자식아!"

　가슴이 덜컥해진 곽이가 고함을 터트리며 날카로운 도끼로 홍동곽의 등을 미친 듯이 내리찍었다.

　하지만 소리만 요란했을 뿐이었다.

　"오오~! 대어를 낚았는걸!"

　철공도가 히죽거렸다.

　"저놈은 놔두고 우리도 손 좀 보태자."

　"놔두자고? 괜찮을까?"

　"령아의 사내라면 저 정도는 괜찮아야지. 암, 괜찮아야 하고말고."

　중얼거린 요심개가 철공도에게서 밧줄을 빼앗듯이 잡아채 가더니 배의 난간에다 대충 묶어 놓았다.

　"자, 가자고."

　"어? 어."

　요심개가 먼저 신형을 날렸고, 뒤이어 철공도가 요란한 쇳 소리와 함께 신형을 날렸다.

　두 사람의 무책임한 행동 때문에 홍동곽과 곽이는 한동안 물속에 잠겨 있어야만 했다.

전황은 분명 황보가가 승기를 잡고 있었다.

하지만 황보중도는 그렇게 생각하지 않았다.

아직 수적들의 누선들이 멀쩡했고, 황보가의 정예들 중에 쓰러진 자들이 적지 않았기 때문이다.

하지만 물러설 수 없는 상황이었다. 그렇다면 더 이상의 피해가 늘어나기 전에 적들의 본선이랄 수 있는 누선들을 제압해야만 했다.

마땅한 방법이 없었다.

원래는 쾌속선들의 혼전이 벌어지면, 네 척의 쾌속선을 따로 빼내어 황보가의 최정예들을 적들의 누선으로 침투시킬 생각이었다.

물론 용소진 일행도 함께할 계획이었다.

한데 적들의 누선이 네 척으로 늘어났고, 쾌속선도 두 배로 늘어나 버린 바람에 정예들을 따로 빼낼 수가 없게 되어 버렸다.

그렇게 황보중도가 고심할 때였다.

적들의 누선에서 쇠뇌를 발사했다.

이제는 오십여 장밖에 안 되는 거리였기에 직사를 해 왔다. 이전과는 달리 관통력이 클 것은 자명한 일이었다.

한데 문제는 거기에서 그치지 않았다.

불의 비가 함께 날아왔다. 수적들이 불화살을 날린 것이다.

좋지 않았다.

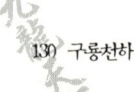

쇠뇌에 맞서 발사하고는 있지만, 그 숫자에서 확연히 차이가 났다. 그리고 적들은 누선이 네 척이었다. 결국 이쪽에선 두 척의 누선을 감당해야만 했다.

황보중도의 얼굴이 딱딱하게 굳어만 갔다.

기적이 일어난 건 바로 그때였다.

촤아아악!

그야말로 느닷없었다.

갑자기 누선과 누선 사이의 강물이 크게 일어나더니 거대한 물의 장벽을 만들었다.

"허업!"

"어, 어어?"

"이게 대체?"

경악과 두려움이 주변을 휩쓴 가운데 수적들이 날린 불화살과 쇠뇌에서 쏟아진 화살들이 일제히 물의 장벽에 부딪쳤다.

츄류류! 츄욱!

불이 꺼지고 기세를 잃었다.

하지만 수적들의 불행은 거기에서 그치지 않았다.

크게 일어난 물의 장벽이 그 크기를 점점 더해 가더니 급기야 누선들을 동시에 덮쳐 버렸다.

콰콰콰콰! 철썩!

거대한 파도가 덮친 것 같았다.

기기기긱!

넘어갈 듯 기우뚱한 누선의 곳곳에서 불안한 소리가 들려왔다.

순간 당황하는 수적들의 두 눈에 허공으로 비상하는 다섯 마리의 청룡들이 비춰졌다.

"허억!"

"처, 청룡이다."

"수룡의 현신이다."

수적들은 잔뜩 겁에 질린 얼굴로 기우뚱거리는 누선의 난간을 간신히 붙잡은 채로 일제히 굳어 버렸다.

바로 그때 허공을 날아오는 붉은 인영이 있었다.

빠르지도 느리지도 않은 모습으로 십 장 높이에서 유유히 날아오는 용소진의 모습은 하백의 현신인 양 경외스러웠다.

이윽고 용소진이 가볍게 내려섰다.

그런 용소진의 주위를 다섯 마리의 청룡들이 유영하듯 에워쌌다.

그에 수적들이 감출 수 없는 두려움을 얼굴 가득 드러냈다.

그러거나 말거나 용소진의 시선은 줄곧 한곳으로 향하고 있었다.

혈수룡(血水龍) 편마작을 향해서였다.

그가 동정수룡채의 채주인지는 몰랐지만, 이곳에 출정을 나온 수적들 중에서 가장 강하다는 것을 알아보았다. 그 때문에 이쪽으로 왔던 것이다.

용소진이 자신을 바라보자 편마작이 자리에서 일어나 천천히 걸어왔다.

"네가 구천신룡이란 놈인가 보구나."

목소리에 궁금증이 가득했다.

용소진의 존재감이 주위를 짓누르고 있었지만, 그는 영향을 받지 않는 것 같았다.

어쩌면 당연했다. 비록 수적일지라도 천오백이라는 숫자를 지배하는 사내였다. 힘에 굴복할 정도는 아닌 것이다.

"물러난다면 목숨을 부지할 수 있다."

용소진의 말에 편마작이 얼굴을 굳히는가 싶더니 대소를 터트렸다.

"크크, 크하하하!"

"……."

허리를 뒤로 젖혀 가며 미친 듯이 웃던 편마작이 어느 순간 웃음을 뚝 그쳤다.

"……."

"……."

말없이 서로를 응시하는 두 사람.

고요하게 가라앉아 있는 용소진과는 달리 편마작의 얼굴엔 폭발할 것 같은 분노가 가득했다.

"이놈! 지금 이 혈수룡더러 목숨 따위에 연연하라는 것이

동정수룡채 133

냐?"

그 말을 끝으로 공력을 가득 끌어올렸다.

순간 대기가 차갑게 가라앉는 것 같더니 놀랍게도 편마작의 앞으로 수백, 수천 개의 물방울들이 생겨났다.

"받아랏!"

편마작이 거친 일갈을 내뱉으며 용소진을 향해 양손을 내밀었다. 그러자 헤아릴 수 없이 많은 수의 물방울들이 빛살 같은 속도로 용소진을 향해 쏟아져 갔다.

용소진의 몸에 벌집 같은 구멍이 숭숭 뚫릴 것처럼 위태로워 보였다.

그러나 용소진의 모습은 천년거목인 양 굳건했다.

그런 용소진의 모습에 편마작이 살짝 눈살을 찡그릴 때였다.

탄알처럼 쏟아져 가던 물방울들이 용소진의 몸에 작렬하기 직전, 갑자기 용소진의 주위로 푸른색의 벽이 생겨났다.

물방울들은 푸른색의 벽에 부딪쳤다.

그리고 흔적도 없이 터져 나갔다.

"호신강기? 아니야, 분명 호신강기는 아니야."

놀라움에 혼자 중얼거린 편마작이 두 눈을 매섭게 치뜨며 공력을 극성으로 끌어올렸다.

그러자 대기가 요동을 치며 좀 전보다 배는 더 많은 숫자의 물방울들이 생겨났다.

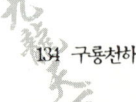

이윽고 회심의 미소를 지은 편마작이 양손을 교차해 가며 휘젓듯 움직이자 물방울들이 하나로 뭉치더니 수평으로 소용돌이쳤다.

콰콰콰!

마치 폭포수가 떨어지는 듯한 굉음이 고막을 두들겼다.

용소진이 미간을 꿈틀한 순간 편마작이 양팔을 활짝 펴며 공력을 폭발시켰다.

촤아악!

대기를 찢어발긴 소용돌이가 용소진에게 밀어닥쳐 갔다.

다시 한 번 미간을 꿈틀한 용소진이 구룡창을 빠르게 내밀었다.

순간 다섯 마리의 청룡들이 청광으로 화해 구룡창을 휘돌았고, 칼날처럼 날카로운 대기가 모습을 드러냈다.

구룡관천을 펼친 것이다.

이윽고 두 사람이 다시 한 번 격돌했다.

쿠콰콰쾅!

굉장한 충돌이었다.

두 사람이 발을 딛고 있는 누선의 삼 층 갑판이 힘을 버티지 못하고 크게 부서져 나갔다.

콰지직!

배는 금방이라도 침몰할 듯 크게 흔들렸다.

그리고 부서져 나가는 갑판의 나뭇조각을 휩쓸며 튕겨져

나가더니 난간을 부수고 아래층으로 처박히는 인영이 있었다.

편마작이었다.

아래층 갑판에 거꾸로 처박혀 있던 신형을 뒤집은 편마작이 검게 물든 울혈을 급히 토해 냈다.

용소진이 그런 편마작 앞으로 내려섰다.

수적들은 두려움에 물든 눈으로 지켜만 볼 뿐이었다. 청룡을 부리는 사내에게 감히 대항할 엄두조차 못 내고 있었던 것이다.

용소진이 편마작을 내려다봤다.

"죽여라."

"……."

"크크크! 이 혈수룡은 죽음 앞에 당당하다. 죽여라."

용소진은 이 싸움을 끝내고 싶을 뿐, 누군가를 죽이고 싶지는 않았다.

용소진이 혈수룡의 혈을 제압한 다음 멱살을 잡아 들어 올렸다.

"이, 이놈! 무슨 짓이냐? 그냥 죽여라. 혈수룡이란 이름을 더럽히지 말란 말이다!"

용소진이 편마작의 얼굴을 자신의 코앞까지 당겨 오며 나직이 말했다.

"도적은 도적일 뿐이지. 지켜야 할 이름 따위는 존재치 않아."

"이, 이익!"

용소진은 몸부림치는 편마작을 붙잡은 채로 누선의 삼층으로 신형을 날렸다.

그리고 삼층으로 올라서자마자 자신의 왼손에 붙들려 있는 편마작의 신형을 높이 쳐들었다.

순간 다섯 마리의 청룡들이 일제히 허공으로 비상했다.

그 찬란한 광경에 모두가 동작을 멈추었고, 싸움은 그렇게 끝났다.

第五章
다시 만날 수 있을 거야

"그럼 어찌하자는 말인가?"

"무인들이 동요하고 있습니다. 셀 수도 없는 숫자가 구천신룡의 행보를 뒤쫓고 있습니다. 거기다 개방과 대륙전장이 큰 싸움을 벌일 것이라고 합니다. 그 중심에 구천신룡이 있다고 합니다. 묵과해서는 아니 됩니다. 너무 많은 피가 흐르게 된단 말입니다. 불제자로서 그것만큼은 막아야 하지 않겠습니까?"

"허허허! 내 사제의 말뜻은 알겠네만, 명분이 없질 않은가?"

"방장 사형! 이 일은 명분을 따질 계제가 아니질 않습니까? 수많은 목숨들이 걸린 일입니다. 일단 막고 보아야 하지 않겠습니까?"

"허허허! 아미타불!'

나직한 불호에 곡진(谷塵)은 가슴이 답답했다.

하나 더 이상은 방도가 없었다. 방장이 움직일 생각이 없는 듯 보였기 때문이다.

"방장 사형! 저만이라도 허락해 주십시오."

구천신룡을 만나 본 곡허 사형의 말에 의하면 살귀는 아니었다고 했다. 하늘이 행하심에 앞으로도 그리 되지는 않을 거라고 했다.

하나 가만히 내버려 둘 수 없음이었다.

너무나 많은 피가 흘렀고, 더 많은 피를 흘리려고 했다.

혼자의 힘으로 어찌할 수 있겠느냐마는 만나서 설득이라도 해 볼 참이었다.

그마저도 여의치 않다면…….

그때 방장의 목소리가 들려왔다.

"허락할 수 없네. 돌아가시게. 내 다른 방도를 생각해 보겠네."

방장의 말에 곡진은 납덩이처럼 굳어진 얼굴로 자리에서 일어날 수밖에 없었다.

방장실 밖으로 나온 곡진은 이윽고 무거운 한숨을 토해 냈다.

"그러다 땅이 꺼지겠습니다요."

갑작스런 음성에 곡진의 고개가 돌아갔다.

주름이 얼굴 한가득인 노인이 부드러운 미소를 지은 채 공손히 합장을 하고 있었다.

곡진이 반가움과 놀람이 어우러진 얼굴로 반장한 채 허리를 숙였다.

"아, 요료(了燎)노인이시군요."

요료는 소림사 선대 고승들의 유골과 유품을 모아 놓은 조사동(祖師洞)을 관리하는 노인이었다.

한 치도 안 되는 짧은 머리가 하얗게 센 요료는 곡진이 계를 받기 전 행자 생활을 할 때에도 조사동을 맡고 있었다.

언제부터인가 요료노인으로 불린다는 것을 알았고, 계를 받지 못했다는 말을 들었기에 그때부터 줄곧 요료노인이라고 불러 왔다.

곡진은 요료의 얼굴을 보는 순간 답답하던 마음이 편안해지는 것을 느꼈다.

"이곳엔 어쩐 일이신지요? 혹시 방장 사형께서 부르셨습니까?"

"아무래도 방장대사께서 크게 깨우치셨나 봅니다."

"……?"

"찾아온 이도 없는데 방장대사께서 부르는 소리가 이 늙은 귓구멍을 열었지 뭡니까."

말과 함께 요료가 유난히 커 보이는 두 귀를 파닥파닥 움직였다.

그 모습이 너무나 우스꽝스러웠다.

곡진은 어릴 적에 요료의 우스꽝스런 저 모습을 보여 달라고 보채던 기억이 떠올라 절로 기분이 좋아졌다.

"요료노인께서 빈승을 놀리시는군요, 허허허! 들어가 보십시오. 늦었다고 방장 사형께서 경을 치실까 걱정됩니다."

"아무려면 그리하시겠습니까?"

간만에 얼굴을 보게 되어 더 많은 이야기를 나누고 싶었지만, 방장의 부름을 받고 왔다고 하니 더는 붙잡을 수가 없었다.

곡진은 주름 가득한 얼굴에 부드러운 웃음을 짓고 있는 요료를 뒤로했다.

돌아선 곡진의 마음엔 다시금 돌덩이가 들어앉았다.

납덩이처럼 굳어진 얼굴로 멀어져 가는 곡진을 요료의 주름 가득한 노안이 지그시 지켜봤다.

"허허허! 성승이 될지어고."

*　　　　*　　　　*

정광이 가득한 부리부리한 눈은 사마의 무리들을 압도하고, 전신에서 뿜어져 나오는 사자와 같은 기세는 천하를 질타한다.

개방방주 용개(龍丐)를 일컫는 말이다.

일곱 명의 장로들을 바라보는 용개의 모습은 과연 영웅 협객다운 모습이었다.

하나 천하의 영웅 협객도 스승의 죽음에 대한 울분만은 참을 수 없나 보다.

"재주가 부족하여 구천신룡이란 놈을 홀로 감당할 수 없다면, 본방의 모든 걸개들을 동원해서라도 반드시 처단할 것입니다."

용개의 끓어오르는 음성이 움막 안에 가득 울려 퍼지자 장로들이 거기에 동조해 고개를 끄덕였다.

하나 모두가 그런 것은 아니었다.

"방주, 그렇게 감정을 앞세울 일이 아닙니다. 전 강호 동도들이 지켜보는 가운데, 악적의 행위를 성토하고 대륙전장과 담판을 지어야 합니다."

박룡개(搏龍丐)였다.

박룡개는 전대 방주인 풍진개의 죽음과 수많은 걸개들의 죽음에 분개했지만, 구천신룡이 자신의 사부가 풍진개에게 죽임을 당했다고 했고, 또 그것에 관련하여 개방으로 찾아오겠다는 말을 했다는 것에 상황이 간단치 않음을 깨달았다.

하여 풍진개와 구천신룡의 사부에 관해 자세히 알아보아야 한다고 생각했지만, 차마 그것을 입에 올리지는 못했다.

그랬다가는 방주와 장로들로부터 무슨 말을 들을지 감당할 수가 없을 것 같았기 때문이다.

그래서 조금 우회적으로 말한 것인데, 그의 우려가 현실로 나타났다.

"담판이라니요? 돈벌레들과 무슨 담판을 짓는단 말입니까? 방주님 말씀대로 구천신룡을 처단하면 그만입니다. 혹여 대륙전장이 끼어든다면 그들까지 모조리 처단하면 그만이란 말입니다."

성질 급하기로 유명한 광풍개(狂風丐)가 얼굴을 붉으락푸르락하며 버럭 성을 냈다.

뿐만 아니라 악인에 한해서는 잔인한 손속으로 이름 떨치는 독목개(獨目丐)가 하나뿐인 눈으로 차디찬 한광을 뿌리며 움막 안의 바닥을 강하게 후려쳤다.

쿠―웅!

얼마나 강하게 쳤는지 대지의 울림이 움막을 진동시켰다.

독목개가 차갑다 못해 번들거리는 눈으로 박룡개를 바라보며 말했다.

"악적을 처단함에 무슨 성토입니까? 사지를 자르고 목을 베어 정을 바로 세워야 합니다."

"옳은 말이오. 개방이 언제 의로움을 뒤로한 적이 있습니까? 왜 주변을 신경 쓴단 말입니까? 악인에겐 철퇴를 가하고 의인에게 힘을 실어 줬습니다. 그것이 개방이 걸어온 길이 아니었습니까? 성토니 담판이니 그런 말씀은 그동안 개방이 걸어온 길에 대한 모욕입니다. 박룡개께서는 말씀을 거두어 주십시오."

평소 차분하고 유현(儒賢)하기로 정평이 난 불취개(不醉
丐)마저 그리 나오자 박룡개로서는 굳어진 얼굴로 입을 굳건
히 다물 수밖에 없었다.

그때 방주 용개가 입을 열었다.

"모두들 자중하시지요. 우리끼리 이럴 일이 아닙니다. 박룡
개께서도 더 이상의 말씀을 삼가해 주십시오."

용개의 말에 모두들 입을 굳게 닫았다.

박룡개 역시 마찬가지였다.

이번 일로 개방이 자칫 오욕을 뒤집어쓸 수도 있다는 불안
감을 떨쳐 버릴 수가 없었지만, 방주와 다른 장로들이 똘똘 뭉
쳐 있는 상황에서 그 혼자 할 수 있는 일이란 존재치 않았다.

박룡개가 무거운 낯빛으로 입을 굳게 닫고 있는 모습을 일
견한 용개가 허리를 곧게 세우고는 위엄 있는 음성으로 말했
다.

"이번 일로 개방이 너무나 많은 피를 흘렸습니다. 하여 방
주의 이름으로 선포합니다. 하남성 개봉(開封) 남쪽의 십만평
에서 악적을 처단하고 개방의 의기를 일으키도록 하겠습니
다."

*   *   *

하얗게 탈색된 얼굴엔 볼 살을 찾을 수가 없었고, 눈동자에는 빛이 없었다.

입술은 메말랐고, 피부는 거칠었다.

탕약을 한 숟갈 떠서 메마른 입술을 비집고 그 안쪽으로 흘려보내는 손길이 무척 조심스러웠다.

"드세요. 드시고 힘을 내셔야죠. 일어나시길 바라는 분들이 많아요. 그분들 보고 싶으시죠? 기운만 차리시면 모두들 만나볼 수 있을 거예요."

화영령은 중얼거리듯 나직이 속삭이며 탕약을 떠먹였다.

환자는 오랫동안 병상에 있었던 탓에 살겠다는 의지가 약해져 있었다. 어쩌면 갈수록 악화되는 증상에 삶에 대한 애착을 버렸는지도 모른다.

그 때문일 것이다.

수술은 분명 성공적이었다.

봉합된 상처도 오래지 않아 아물 것이다.

하지만 환자는 정신을 차리지 못했다. 아니, 그녀가 처음 환자를 봤을 때부터 그랬다.

마치 의식의 저편에 스스로를 감추고 있는 것 같았다.

어쩌면 절망이 두려움을 가져왔는지도 모른다. 그 두려움에서 도망쳐 자신을 숨기고 있는 것일지도 몰랐다.

그래서는 안 된다.

정신이 일어서지 못하면 결국 몸도 쓰러지게 되어 있기 때문이다. 그런 환자들을 몇 번 경험해 보았기에 잘 알았다.

반대로 절망을 이기고 굳게 일어선 환자도 보았다.

'소진이가 그랬지…….'

나약해진 의지를 일으키고 두려움에 맞서야 했다.

두려움을 부수고 절망을 희망으로 바꾸어야 했다.

삶에 대한 의지를 되살려야 했다.

삶에 대한 욕구를 키워 줘야 했다.

그래야 기운이 활기를 띠게 된다.

환자의 몸이 활기를 되찾으면 기력은 금방 회복할 수 있을 터였다.

지금 환자에게 필요한 건 삶에 대한 굳건한 의지였다.

화영령은 그걸 잘 알았고, 그 때문에 환자에게 자꾸만 말을 걸었고, 또 속삭여 주었다.

빨리 일어나라고, 일어나서 보고 싶은 얼굴들을 마음껏 보라고.

*　　　　*　　　　*

동정수룡채가 와해되었다.

황보가와 구천신룡이 손을 잡았고, 동정수룡채가 순식간에 괴멸되었다는 소문이 떠돌았다.

황보가는 상강(湘江)과 동정호(洞庭湖) 일대를 완전히 장

악했고, 구천신룡이라는 이름이 합쳐져 명실 공히 호남성 전체를 아우르게 되었다고 했다.

그리고 구천신룡은 개방을 상대하기 위해 장강을 따라 호북성 무한(武漢)으로 이동 중이라는 소문이 있었다.

소문은 사실이었다.

실제로 용소진 일행은 황보가를 도와 동정호의 수적들을 와해시킨 다음 장강을 타고 호북성 무한에 도착했던 것이다.

용소진 일행의 행보가 그렇게 쉽게 알려진 것은 용소진의 남다른 머리색이 크게 한몫했다.

물론 그렇다고 하여 머리색을 감추거나 할 용소진이 아니었다.

무얼 하든 당당하게.

적어도 복수행이 끝날 때까지는 당당해야 했다.

스스로가 당당하지 못하면 복수행 자체에 의미가 없다고 여겨졌기 때문이다.

다만 조금 영리해질 필요는 있었다.

힘만으로 밀어붙이기에는 만만치가 않다는 것을 깨달은 것이다.

동료들이 없었다면 진즉에 쓰러졌을지도 몰랐다. 그리고 자신이 계속 힘만으로 밀어붙인다면 동료들에게 사단이 일어날 수도 있었다.

하여 적절히 행동해야 했다.

당당해야 하는 행로 속에서 자신과 동료들의 안위를 살펴야 했다.

외줄 타는 심정으로 모든 것을 꿰뚫도록 노력해야만 했다.

거기에 길이 있을 터였다.

"뭘 생각을 그리 골똘하게 하나? 두고 온 계집년 젖가슴이라도 떠올린 게냐?"

철공도의 말에 용소진이 빠르게 상념에서 빠져나왔다.

하지만 딱히 대꾸할 말이 없었다.

"그런 건 아닙니다."

"젖가슴이건 고의자락이건 그건 그렇다 치고, 오늘은 예서 묵고 가자."

중간에 끼어든 요심개의 말에 용소진이 의아한 얼굴을 했다.

그러자 철공도가 입을 열었다.

"크흘흘! 이유야 어찌 되었든 우리가 황보가에 큰 도움을 준 건 사실이 아니냐? 지랄 같은 네 녀석 고집 때문에 묵고 가라는 것을 거절하고 왔다만, 황보가에서 이대로 있을 성싶더냐?"

"……?"

"동정호가 정리되는 대로 다만 일부만이라도 정예들을 동원하겠다고 했다. 하니 이동 속도를 조금만 늦춰 주면 따라올

이들이 개고생할 일은 없을 것이 아니냐? 그리고 늙은 뼈다귀들은 자주 쉬어 줘야 한다."

쉽게 말해서 그냥 쉬었다 가자는 것이었다.

황보가의 일을 들먹인 것은 고집을 부리지 못하도록 하기 위함일 터였다.

돌아보니 묵묵히 찻잔을 기울이는 검무양이나 뭐가 그리 좋은지 머리를 맞대고 희희낙락하는 두 사람이나 그다지 지친 기색은 없어 보였다.

몇 가닥 되지 않은 콧수염을 꼬아 놓고, 턱에는 염소수염이 자리한 괴곽해 보이는 오척단구의 요심개와 육십 대 중노인의 얼굴에 삼십 대 장한에 비견될 정도로 단단해 보이는 근육을 자랑하고 있는 철공도.

아무리 살펴보아도 지친 구석이라고는 개미 눈물만큼도 느껴지지 않았다.

하지만 저리 말하는데 그럴 수 없다고 하기가 미안했다.

"그리 하지요."

용소진의 대답에 두 사람이 서로를 바라보며 히죽 웃었다.

옅은 웃음을 흘리며 두 사람에게서 시선을 돌린 용소진이 검무양을 바라봤다.

"괜찮겠지?"

"순탄치 않을 것 같지?"

검무양이 고개를 돌리지도 않은 채 오히려 되물었다.

문득 멍해진 용소진, 그때 검무양이 옅은 미소를 지으며 머리를 맞댄 채 소곤거리고 있는 홍동곽과 요령에게로 고개를 돌렸다.

용소진의 시선이 움직였다.

순간 요령이 홍동곽의 머리통을 툭 쳤고, 그에 홍동곽이 히죽 웃는 광경이 눈에 들어왔다.

용소진은 고개를 끄덕일 수밖에 없었다. 지금도 저러한데 혼인이라도 하고 나면 오죽하겠는가.

그때 검무양의 음성이 추가로 이어졌다.

"혼인을 하게 되면 네게 형수님이 되는 건가?"

순간 용소진의 얼굴이 흠칫 굳었다.

*   *   *

쏴아아! 쏴아아!

굵은 빗줄기가 어둠을 관통하고 있었다.

제법 요란한 소리였기에 잠을 이루지 못한 이들이 한둘이 아니었다. 그리고 그중에는 용소진도 있었다.

용소진의 시선은 창문을 지나 어둠을 관통하고 있었다.

그가 무엇을 바라보고 있는지는 오직 그만이 알 터였다.

대지를 적시는 빗줄기는 제법 차가웠지만, 용소진의 몸엔 따스함이 가득했다.

과거의 기억으로부터 전해진 포근한 열기였다.

금선토룡을 잡으러 갔던 날, 추위에 떠는 화영령을 안아 주었었다.

자신이 부친의 품에서 그랬던 것처럼 화영령 또한 그렇게 편안한 얼굴로 단잠을 이루었다.

그날 그렇게 포근히 잠든 모습이 아직도 눈에 선했다. 고른 숨소리가 귓가에 들려오는 듯했다. 시간과 공간을 건넌 화영령의 따스한 온기가 그를 포근히 감싸 주었다.

그리웠다. 보고 싶었다. 안아 주고 싶었고, 안기고 싶었다.

하지만…… 하지만 그럴 수가 없었다.

온기가 사라져 갔다.

사라져 가는 온기를 기억하려 애썼다.

머리가 아닌 가슴에 담았다. 그래야 할 것 같았다. 그래야 잊지 않을 수 있을 것 같았다. 그게 무엇이든 하나도 잊고 싶지 않았다.

'언제쯤……'

문득 떠오른 상념을 잘랐다.

공손옥빙에게 말할 때 언제고 그녀에게로 돌아가야 한다고 했다. 하지만 그건 마음일 뿐이었다. 그의 바람일 뿐이었던 것이다.

과연 돌아갈 수 있을지, 그래도 되는 건지…….

          *   *   *

"꿈이었구나."

침상에서 일어나 주위를 둘러보는 화영령의 얼굴로 이내
실망의 빛이 떠올랐다.

비록 꿈이었지만, 너무나 생생했다.

그 때문에 아쉬움이 더욱 컸는지도 모른다.

눈을 감고 꿈속의 일을 가만히 떠올려 보았다. 꿈속에서 느
꼈던 그 포근함을 기억해 냈다.

자신을 따뜻하게 내려다보는 그의 시선을 느꼈다.

가만히 기댄 그의 가슴에선 심장 뛰는 소리가 고스란히 전
해져 왔다. 심장이 한 번씩 뛸 때마다 그의 마음이 느껴졌다.

보고 싶다고, 돌아가고 싶다고······.

눈을 뜬 화영령이 방긋 웃었다. 마치 눈앞에 누군가가 있는
것처럼.

"우린 다시 만날 수 있을 거야. 난 그걸 알아."

화영령은 시비와 함께 환자를 찾아갔다.

문을 열고 들어서니 아직 정신을 차리지 못한 환자가 그녀
를 반겼다.

"안녕하세요. 좋은 아침이에요."

환한 얼굴로 인사를 건네는 화영령의 얼굴은 유난히 밝아

보였다.

침상에는 중년 여인이 누워 있었는데, 앙상하게 말라 있어 오랫동안 병치레를 했음을 한눈에 알아볼 수 있었다.

화영령이 개복시술을 펼쳤던 환자로 이곳 철혈패천문의 안주인이었다.

곁으로 다가간 화영령은 환자의 얼굴과 맥을 살핀 다음 시비로 하여금 베개를 치우고 환자를 모로 눕히도록 했다.

그런 후 품에서 목함을 꺼냈다. 목함에는 새하얀 무명천이 둘둘 말려 있었는데, 침상에 펼치자 빽빽하게 꽂혀 있는 수많은 침들이 모습을 드러냈다.

화영령은 그중에서 두 개의 금침을 꺼내 환자의 머리에 조심스럽게 꽂았다. 뇌부(腦部)의 중심에 위치한 천령혈과 후뇌의 침골(枕骨) 바로 아래에 위치한 뇌해혈이었다.

천령혈과 뇌해혈은 조금만 힘을 가해도 급살을 면치 못하는 사혈 중의 사혈이지만, 이 두 곳을 자극해 뇌력(腦力)을 활성화하면 정신을 돌아오게 만드는 데 효과가 좋았다.

오래전 그녀가 용소진에게 펼쳤던 침술이었다.

그 때문인지 용소진의 얼굴이 떠올랐다. 순간, 그녀의 얼굴이 더욱 밝아졌다.

다시 만나게 되는 날 지금보다 배는 더 밝은 미소로 맞아주리라.

이윽고 환자에게서 금침을 회수했다.

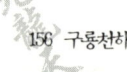

환자를 반듯하게 눕힌 화영령은 환자의 팔다리를 주물러 주었다. 피의 흐름을 원활하게 하기 위함이었다.

"기다리는 분들이 많답니다. 그분들을 너무 기다리게 하지 마세요. 기다림은 정말 힘들거든요. 아셨죠?"

환자에게 한 말이 분명했지만, 한편으로는 이 자리에 없는 누군가도 들었으면 싶었다.

듣지는 못하더라도 기다리는 자신이 있음을 잊지 말았으면 했다. 아니, 틀림없이 잊지 않고 있을 터였다.

'함께 와 준다면 좋겠는데……'

그녀도 귀는 있었다.

구천신룡에 관한 이야기, 철혈신룡과 함께한다는 이야기를 들었었다.

그 때문에 그녀가 있는 철혈패천문으로 들러 주기를 바랐다.

그녀가 화씨의가로 돌아가기 전에 말이다.

화영령은 얼음처럼 차갑게 구는 한 사람으로 인해 화씨의 가로 돌아갈 수가 없었다. 환자가 정신을 차리기 전에는 돌아 갈 수 없다고 했던 것이다. 하지만 전혀 개의치 않았다.

어차피 반년 정도는 이곳에 있을 예정으로 왔기 때문이다.

그녀의 조부인 화경선은 어느 정도 정립이 되었다 여겼기 에 개복시술을 다른 의가로 전파하기 시작했다.

때마침 이곳에 그의 명성과 어깨를 나란히 하는 갈의성수 종노관이 있었고, 또 그의 요청이 있었기에 화영령을 이곳으로 보냈다. 화영령이라면 종노관의 자존심을 건드리지 않으면서 전해 줄 수 있을 거라 믿었던 것이다.

다행히 종노관은 자존심이 강했지만, 속이 좁은 위인은 아니었다. 그는 화영령의 개복시술을 곁에서 지켜봤고, 고개를 끄덕일 수밖에 없었다.

결국 종노관은 화영령에게 자신의 의술을 가르쳐 주는 조건으로 개복시술을 받아들였다.

누군가의 억지 때문에 남아 있는 것이 아니었던 것이다.

반 시진에 걸친 안마를 하고 난 다음 화영령이 자리에서 일어났다.

"봤지? 두 시진에 한 번씩 이렇게 주물러 드려라. 나중에 깨어나시면 네 노력을 잘 말씀드려 줄 테니까 성심을 다해야 한다. 알았지?"

화영령의 말에 시비가 허리를 숙였다.

"마땅히 제가 해야 할 일입니다."

거리를 두는 시비의 모습에 화영령은 마치 친 자매처럼 지내고 있는 화씨의가의 소화를 떠올렸다.

'이게 다 얼음탱이 때문일 거야. 그런 얼굴로 돌아다니니 얘가 이렇게 주눅 들어 있을 수밖에.'

내심 누군가를 탓한 화영령은 목함을 챙기고는 밖으로 향했다.

화영령은 문을 연 순간 흠칫 놀랐다.

문밖에 차가운 얼굴을 한 하후표가 서 있었기 때문이다.

'헛! 얼음탱이!'

놀란 화영령의 얼굴 위로 하후표의 무심한 듯 보이는 시선이 닿았다.

그가 말했다.

"제세원주께 말씀 들었다. 내가…… 억지를 부렸다. 사과한다. 돌아갈 수 없다는 말 취소하겠다."

그러고는 잠깐 화영령을 물끄러미 바라보더니 등을 돌려가 버렸다.

뒤에 남은 화영령은 어안이 벙벙해졌다.

'얼음탱이, 사과를 그딴 식으로 하냐?'

第六章

지둔일족

나무들이 울창한 숲에도 길은 있었다.

사람들의 발길이 끊이지 않은 때문이다.

찾아드는 사람들 때문에 숲은 몸살을 앓겠지만, 길이 생겨 남으로 인해 사람들은 좀 더 편하게 지날 수 있다. 때문에 좋다 나쁘다를 쉽게 논할 수가 없다.

용소진 일행은 그런 길을 따라서 호북성에서 하남성으로 넘어가고 있었다.

햇빛은 밝았지만, 숲 속엔 그늘이 많았다.

청명한 가을 날씨이니 따뜻할 터인데, 위쪽으로 단풍이 들기 시작한 숲은 햇빛이 차단되어 제법 쌀쌀했다.

그렇다고 일행 중에 한기를 느끼거나 하는 이가 있다는 것은 아니었다. 모두들 한겨울에도 추위를 느끼지 않을 정도는 되었다.

"숲은 어둡고 사람들은 말이 없네."

요심개가 알쏭달쏭하기 짝이 없는 말을 노래 부르듯 흥얼 거렸다.

한데, 그것을 철공도가 웃는 얼굴로 받았다.

"보아도 보이지 않고, 들어도 들리지 않느니."

그리고 다시 요심개가 키득거리며 흥얼거렸다.

"킥킥! 말이 없다 하여 마음까지 없을까."

"겁 없는 야묘(野貓)만이 홀로 어리석구나."

요심개와 철공도가 그렇게 주고받았다.

그 의미를 알 수 없는 노랫말이다. 하지만 일행 중 누구 하 나 못 알아들은 이가 없었다.

알아도 모른 척 걸음만 놀렸다. 지루한 걸음에 지켜보는 재 미를 주었기 때문이다.

일행들이 그렇게 아무것도 모른다는 듯이 지나가고 나자 근처의 커다란 나무 위에서 시커먼 인영이 고양이의 그것처 럼 민첩한 동작으로 내려섰다.

언젠가 스스로를 무영암존(無影暗尊)이라 칭하며 키득거 리던 복면살수였다.

복면살수는 극도로 조심스런 동작으로 주위를 살폈다.

한데 그 모습이 조금 묘했다.

한 손으로는 사타구니를 방어하겠다는 듯이 슬쩍 가리고는 눈으로는 주위의 땅을 세심히 살폈다.

"휴! 없구나. 그런 영물을 거느리다니, 아직은 운이 좋구나. 하지만 난 무영암존이다, 무영암존! 구천신룡의 목숨은 이 무영암존이 거둘 것이다. 쿠헬헬!"

그리고는 한 손으로 여전히 사타구니를 가린 채 용소진 일행이 사라져 간 방향으로 신형을 날렸다.

용소진 일행을 쫓으며 빈틈을 노리던 복면살수는 꽤나 높은 거목의 가지 위에서 숨 한 번 크게 내쉬지 않은 채 숨어 있었다.

왜냐하면 그가 바라보는 전방에서 살벌한 기운이 팽팽하게 흐르고 있었기 때문이다.

'저들은…… 남천묵영단(南天墨影團)이다. 이런 옘병, 좆됐다. 구천신룡은 내가 죽여야 되는데. 어떡하지? 저놈들 목부터 따 버릴까? 아니야, 그랬다간 내 정체만 들통 날 거야. 참자, 참어! 들통 날지도 모르니까 참는 거야. 그럼, 당연하지. 난 무영암존이니까.'

시커먼 장포로 몸을 가리고 있는 일백의 무인들.

남천묵영단이 맞았다. 융백이 남천묵영단 일백을 이끌고 용소진 일행을 막아선 것이다.

"융가에서 무슨 볼일이지? 지난번 격전 때문인가?"

홍동곽의 물음에 눈처럼 새하얀 옷을 잘 차려입은 융백이 입가를 비틀어 올렸다.

"글쎄, 그럴 수도 아닐 수도."

내심을 짐작할 수 없는 융백의 모습, 하나 좋은 마음으로 찾아온 게 아닌 것만은 확실했다.

그때 용소진이 나섰다.

그는 전에 융백이 했던 말을 분명하게 기억했다. 순서가 바뀌긴 했지만, 결과가 달라지는 건 아니라는…….

분명 융가에서도 자신을 노리고 있었다. 그 이유는 몰랐지만, 그건 확실했다.

용소진이 구룡창을 힘주어 잡으며 말했다.

"왜 날 노리는지는 관심 없다. 궁금하지도 않다. 한 가지만 말하겠다."

"호오! 말해 봐라. 내 특별히 경청해 주마. 크큭!"

그에 용소진이 입가를 비틀며 말했다.

"덤비면 죽는다."

순간 융백의 신형이 부르르 떨렸다.

용소진의 말에서 자신을 한참 아래로 내려다보는 듯한 느낌을 받았기 때문이다.

"개자식! 죽여라!"

융백의 폭갈이 터져 나온 순간, 용소진이 먼저 움직였다.

구룡창을 앞세운 용소진이 삼 장 높이의 허공으로 도약하며 구룡창을 크게 휘둘렀다.

순간 청광이 번쩍였다.

그에 융백이 흠칫 놀란 얼굴로 빠르게 물러났고, 그가 있던 자리가 크게 갈라졌다.

바로 그 순간 남천묵영단이 묵색 장포를 휘날리며 용소진을 향해 모여들었고, 용소진이 그들의 중앙으로 뛰어들었다.

그때 융백이 입가를 잔뜩 비틀어 올리며 차갑게 웃었다.

그의 예측대로 동료들을 생각한 구천신룡이 먼저 뛰쳐나온 것이다.

'독하지 못한 자에겐 동료가 짐이 되기도 하지. 크크크!'

남천황검대가 검신의 폭이 좁은 기형검을 독문병기로 사용한 반면 남천묵영단은 칙칙한 검은색으로 물든 삼 척 길이의 직도를 병장기로 사용했다.

도는 본시 검에 비해 파괴력이 뛰어나지만, 날카로움이 떨어진다.

그러나 묵영단의 묵도는 그 모양이 검을 닮아 있어 그 단점을 보완했다.

파괴력과 날카로움이 균형을 이룬 셈이다.

검광조차 죽인 칙칙한 묵도가 공간을 수십 조각으로 가르며 용소진을 향해 달려들었다.

용소진의 구룡창 역시 공간을 꿰뚫었다.

찌엉!

구룡창이 정면에서 쇄도해 오던 묵도의 도극을 일직선으로 강타하자 그 힘에 적이 뒤쪽으로 튕겨 났다.

그 순간, 사방에서 묵도가 짓쳐들었다.

용소진이 기다렸다는 듯이 허공으로 뛰어오르며 아래쪽을 향해 구룡창을 휘젓듯이 휘둘렀다.

카가가강!

불꽃이 사방에서 반짝였다.

그 불꽃을 뚫고 십수 명이 솟구쳐 동시에 쇄도해 왔다.

발 디딜 곳도 없는 허공에서 용소진의 신형이 팽이처럼 휘돌았다.

용소진의 회전을 따라서 구룡창이 크게 원을 그렸다.

단순한 동작이었지만, 무쇠라도 단숨에 박살 내 버릴 거력이 담겨 있었다.

퍽퍽퍽!

둔중한 파육음이 연이어 터져 나오며 쇄도해 오던 적들이 사방으로 튕겨져 날아갔다.

이윽고 지면으로 내려선 용소진이 싸늘하게 으르렁거렸다.

"백이든 천이든 달려들면 죽는다."

남천묵영단이 주춤했다.

그러나 용소진이 남천묵영단의 기세를 단숨에 짓누른 순간 상상조차 못했던 일이 일어났다.

용소진이 뛰쳐나간 후 일행들은 성급히 움직이지 않았다.

언뜻 보기에도 일백에 가까운 숫자였다. 게다가 상대는 남천융가였다. 쉽사리 상대할 전력이 아닌 것이다.

때문에 조금이라도 적에 대해 파악할 수 있다면 그렇게 하는 게 여러모로 유리할 터였다.

용소진은 강했다.

남천융가의 정예 일백이라 할지라도 어찌하지 못할 정도로 충분히 강했다. 하니 조금 지켜볼 여유가 있었다. 그리고 그 여유면 적들을 파악하는 데 큰 도움이 될 터였다.

전투를 벌이기 편할 만큼 간격을 벌리고 용소진이 격돌하는 모습을 지켜봤다.

역시나 용소진은 강했다.

순식간에 십여 명을 날려 버렸다. 보면 볼수록 가공할 무공이었다.

일행들이 밝게 웃으며 고개를 끄덕였다.

하나 상상도 할 수 없었던 일이 일어난 것은 바로 그때였다.

느닷없이, 정말 느닷없었다.

아무런 기운도 느끼지 못했는데, 난데없이 땅이 불쑥 일어나며 그들을 동시 다발적으로 덮쳤다.

적들이 땅속에 은신하고 있다 갑자기 튀어나온 것이 아니었다. 말 그대로 흙으로 이루어진 땅이 일어나 덮쳐 왔다.

하나 모두들 침착하게 대처했다.

검무양의 선풍검이 검풍을 일으켰고, 요심개와 요령의 금환이 사방으로 날아갔다.

철공도는 쇠망치를 휘둘렀고, 홍동곽은 온몸으로 부딪쳤다.

괴물인지 사람인지 모를 적들은 그들의 공격에 산산이 부서져 흩어졌다. 그러나 그게 끝이 아니었다. 흐트러진 흙이 빠른 속도로 모여들더니 다시 덮쳐 왔다.

놀라움을 금치 못한 그들은 다시 한 번 부딪쳐 보았다. 하나 결과는 마찬가지였다.

그들은 단순한 물리력이 통하지 않음을 알아챘다. 그에 모두들 굳은 얼굴로 튕겨 나듯 몸을 날렸다.

하나 적들은 어디에나 있었다. 그들이 움직인 사방에서 땅이 일어난 것이다.

피할 곳은 단 한 곳, 허공뿐이었다. 그들은 동시에 솟구쳤다.

그때였다.

촤아악!

거대한 흙의 장벽이 오 장 높이로 솟아났다.

그러더니 허공으로 신형을 날리는 그들을 마치 커다란 곰이 앞발을 들고 덮치듯 그렇게 한꺼번에 덮쳐 왔다.

순간,

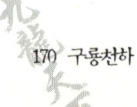

파—앙!

홍동곽의 신형이 탄알처럼 쏘아져 갔다.

거대한 흙의 장벽에 구멍을 뚫어 버릴 참이었다. 그 구멍을 통해 일행들이 빠져나갈 수 있을 터였다.

촌각이 지나기도 전에 홍동곽의 신형이 덮쳐 오는 흙벽에 부딪쳤다.

퍼—억!

육중한 격타음.

그러나 홍동곽이 바라는 일은 일어나지 않았다.

흙벽을 꿰뚫지 못한 것이다. 하지만 문제는 거기에서 그치지 않았다.

홍동곽의 신형이 부딪친 속도만큼 빠르게 지면으로 튕겨진 것이다. 그리고 아래쪽엔 괴물인지 모를 괴이쩍은 토인(土人)들이 수두룩했다.

꽝!

홍동곽의 신형이 지면에 부딪친 순간이었다.

부딪친 탄력으로 다시금 솟구치려던 홍동곽의 신형을 토인들이 일제히 덮쳤다.

퍽퍽퍽!

홍동곽의 신형이 지면과 덮쳐 오는 토인들 사이에서 쉴 새 없이 튕겨졌다. 그것도 잠시, 튕겨지던 홍동곽의 신형이 몰려온 토인들로 완전히 뒤덮이고 말았다.

홍동곽은 그렇게 땅속으로 묻힌 듯 사라져 버렸다.

일행들이 어찌 손 쓸 새도 없이 순식간에 벌어진 일이었다.

그 광경을 목도한 용소진은 용풍구환보를 극성으로 펼쳐 질풍처럼 내달렸다.

그러나 거대한 흙의 장벽이 있었다.

"비켜라!"

용소진이 분노의 폭갈을 터트렸다.

하지만 흙의 장벽은 꿈쩍도 하지 않았다. 오히려 세를 더욱 불리며 단단히 막아섰다.

용소진은 구룡창을 앞세운 채 태풍 같은 기세로 돌진했다.

바로 그 순간 흙의 장벽의 중앙에서 마치 사람의 팔처럼 보이는 길쭉한 것 두 개가 곧추 뻗어 나왔다.

강렬하게 회전하던 구룡창이 거기에 부딪쳤다.

콰과과광!

사방으로 흙이 튀었다.

팔처럼 보이던 것이 산산이 부서져 나가고 구룡창이 결국 흙의 장벽을 꿰뚫었다.

바로 그 찰나의 순간 흙의 장벽 뒤쪽에서 좀 전과 같은 길쭉한 것이 튀어나오더니 흙의 장벽을 막 꿰뚫은 구룡창의 창두를 강하게 두들겼다.

쾅!

순간 용소진의 신형이 한차례 휘청하더니 뒤쪽으로 튕겼

다.

허공에서 신형을 뒤집으며 중심을 잡은 용소진.

흙의 장벽 너머로 땅속에 묻힌 홍동곽과 그를 구하기 위해 몸을 날리는 동료들의 기운이 느껴졌다.

홍동곽은 분명히 살아 있었고, 불혼탄괴공이 있기에 아직은 괜찮은 것 같았다.

하지만 안심할 수만은 없었다.

동료들을 향해 융가의 묵영단이 달려들었고 순식간에 접전이 벌어졌기 때문이다.

검무양의 선풍검이 살벌한 검풍을 일으키며 묵영단을 휩쓸었고, 철공도의 쇠망치가 광포하게 찍어 갔다.

요심개와 요령의 금환이 사방으로 날았다.

순식간에 십여 명의 적들이 피를 뿜었다. 하나 적들은 많았다.

일시에 어쩌기에는 많아도 너무 많았다.

챙! 차자자장!

장내를 울리는 금속 부딪치는 요란한 소음들.

남천묵영단의 무력은 남천황검대가 비할 바가 아니었다. 순식간에 전열을 정비하며 검무양 등을 상대해 갔다.

거기에 융백이 그쪽으로 향하고 있었다.

그의 손에 검극이 하얗게 달아오른 한 자루의 검이 들려 있었다.

융백이 검을 가볍게 휘둘렀다. 그러자 공간이 크게 일렁였다. 굉장한 열기였다.

씨―익!

융백이 용소진을 향해 조소를 날렸다.

용소진은 비릿하게 웃는 융백의 모습에서 지금의 상황이 처음부터 의도된 것임을 알아챘다.

'뜻대로 되지 않을 것이다.'

용소진에게서 엄청난 기운이 폭출했다.

가공할 기운이었다.

그에 잠깐 걸음을 멈춘 융백이 용소진을 막아선 흙의 장벽을 가리키며 말했다.

"후토마제라 불리는 분이시다. 잘 놀아 보도록…… 아, 혹시나 여유가 되거든 네놈 동료들이 어떻게 죽어 가는지 지켜봐라. 크크크!"

분명 격장지계였다.

그럼에도 들끓는 가슴을 주체할 수가 없었다.

그때였다.

막 분노를 폭발시키려던 용소진의 기감에 매우 익숙한 기운이 느껴졌다.

"마음대로 되지 않을 것이다."

일갈을 토해 낸 용소진은 입가에 차가운 미소를 머금은 채 구룡의 기운을 끌어냈다.

파—앗!

강렬한 청광을 터트리며 다섯 마리의 청룡들이 그 존재감을 퍼트렸다.

그에 후토마제라 불린 흙의 장벽과 그 앞쪽으로 치솟아 오른 수많은 토인들의 기세가 주춤했다.

그때 다섯 마리의 청룡들이 일제히 대지를 파고들었다.

촤좌좌좌촥!

다섯 갈래로 뻗어 나가는 강렬한 기운이 대지를 길게 갈라 버리며 앞을 막고 있던 사람 크기의 토인들을 순식간에 허물어 버린 다음 흙의 장벽을 꿰뚫고 나아갔다.

그리고는 격전을 벌이고 있던 남천묵영단의 후미를 휩쓸었다.

후미가 순식간에 피의 아수라장으로 변해 버리자 정돈되어 있던 묵영단의 기세가 크게 흔들렸다.

그리고 그들 사이로 지면이 터져 나가더니 홍동곽의 신형이 솟구쳤다. 그에 가까이에 있던 묵영단의 몇몇이 반사적으로 묵도를 휘두른 순간 커다란 외침이 묵영단의 머리 위쪽에서 쩌렁 울렸다.

"이놈들! 내가 왔다. 나 철혈신룡이 여기 있다."

촤아아악!

대기가 물결처럼 파동치며 순식간에 묵영단을 휩쓸어 갔다.

그에 앞쪽에 있던 자가 다급히 묵도를 휘둘렀다.

캉!

"......?'

어이없게도 묵도가 부러져 나갔다.

일행들의 모습에 분노한 하후량이 십이성 공력으로 도첨장을 발출했고, 그가 손에 끼고 있던 구룡용린수가 도첨장의 기운을 증폭시켰던 것이다.

묵도를 휘두른 자의 얼굴이 당황으로 물든 순간 달려들어 오던 하후량이 튕겨 나는 칼 조각을 손으로 잡아채더니 급하게 휘둘러 오는 부러진 묵도를 왼손으로 붙잡아 버렸다.

그에 묵도가 붙잡힌 자의 얼굴이 시커멓게 죽어 간 순간, 하후량이 오른손으로 쥐고 있던 칼 조각으로 그자의 목을 꿰뚫어 버린 다음 곧바로 뽑아내더니 오른쪽으로 섬광처럼 날려 보냈다.

퍽!

이마 한가운데에 칼 조각이 틀어박힌 적이 비명조차 남기지 못하고 즉사했다.

그야말로 순식간에 벌어진 일이었다.

"융백!'

하후량이 융백의 이름을 목청껏 부른 순간 그의 뒤쪽에서 일단의 무리들이 장내로 속속들이 뛰어들었다.

"융가의 떨거지들아! 우리가 왔다."

"개자식들아! 오랜만이다."

"와하하하! 나 양충이 여기 있다."

"이 썅, 늬들 다 죽었어."

철혈패천문의 무력단 중에서 이처럼 입이 거친 이들은 한 곳뿐이었다.

융백은 그들이 누구인지 잘 알고 있었다.

"으드득! 광풍단(狂風團)!"

맞았다. 물 만난 물고기처럼 그렇게 날뛰는 이들은 하후량이 단주로 있는 철혈패천문의 광풍단이었다.

융백이 이를 가는 사이에 일백의 광풍단이 뛰어들며 사납게 날뛰었다.

그중에서 가장 눈에 띄는 자는 육 척이 넘어가는 장신의 거한이었다.

철탑광웅(鐵塔狂熊) 양충이란 자로 거의 어른 키에 육박하는 커다란 쇠망치를 병기로 사용했는데, 무게가 이백 근이라고 한다.

부—웅!

양충이 거대한 쇠망치를 휘두르자 그 기세가 무시무시했다.

놀란 적들이 주춤 물러난 순간 양충의 쇠망치가 허공에서 호선을 그리더니 머리 위에서부터 뚝 떨어져 내렸다.

놀랍게도 재빠른 동작이었다.

더 이상 물러설 수 없다는 것을 알아챈 적들이 묵도를 휘두르며 달려들었다.

깡! 깡깡!

하지만 쇠망치를 멈추지는 못했다.

쿠—웅!

묵도와 적을 한꺼번에 찍어 버렸던 것이다.

적은 머리뼈와 어깨뼈가 한꺼번에 으스러지며 척추가 두 동강 나듯 부러진 채로 땅으로 처박혔다.

가공할 신력이었다.

"당황하지 마라!"

뒤늦게 융백이 일갈을 터트리며 급히 신형을 날려 보지만, 기세를 뒤집기에는 부족했다.

용소진은 하후량의 등장이 반가우면서도 놀라웠다.

해후는 싸움이 끝난 후에도 늦지 않았다.

청룡들을 불러들인 용소진은 눈앞의 장벽을 노려봤다.

'후토마제라고 했던가?'

놀라운 능력이었고, 굉장한 기운이었다.

하나 구룡의 기운이 네 개였을 때라면 꽤나 곤혹스러웠겠지만, 다섯 개의 구룡을 취한 지금은 결단코 아니었다.

"먼저 너희들부터다."

소리를 내지른 용소진은 지면을 박차고 허공으로 솟구쳤다가 삼백에 가까운 토인들, 즉 지둔일족들의 한가운데로 뚝 떨어져 내렸다.

파—악!

구룡창이 대지를 파고든 순간 다섯 마리의 청룡들이 용소진의 주위를 휘돌았다. 유영하던 움직임이 순식간에 눈에 보이지 않을 정도로 빨라졌다.

그에 대기가 칼날의 회오리를 만들었다.

콰콰콰콰!

어마어마한 굉음이 공간을 뒤흔들었다.

무언가를 남겨 놓지 않는다는 구룡난무였다. 구룡난무의 가공할 거력이 반경 오 장을 휩쓸었다.

지둔일족들이 산산이 터져 나갔다.

모래성이 무너지듯 그렇게 형체를 알아볼 수 없을 정도였다.

그러나 용소진의 표정이 가히 좋지 않았다.

피가 없었던 것이다.

피를 좋아하지는 않았지만, 적들을 부숴 버린 자리엔 의당 붉은 핏물이 쏟아져야 정상이었다. 한데 그게 없었다.

불길한 느낌.

스스슥!

토인들이 다시금 일어났다.

미간을 찌푸린 용소진은 기감으로 그들을 다시 한 번 훑어 보았다.

토인들이 일어난 땅속으로 괴이한 기운이 흐르고 있었다. 그리고 그 기운은 흙의 장벽으로 이어지고 있었다.

"그렇단 말이지?"

토인들을 상대하는 것은 쓸데없는 짓이었다.

구룡창을 뽑아 든 용소진이 흙의 장벽을 향해 신형을 날렸다.

앞으로 내밀어진 구룡창이 맹렬하게 휘돌고 있었고, 그 주위로 대기가 칼날의 회오리를 만들었다.

구룡관천이었다.

구룡관천을 펼친 용소진의 신형이 장벽을 향해 곧장 쏘아져 날아갔다.

전력으로 펼친 구룡관천에 흙의 장벽이 산산이 터져 나갔다.

곳곳에 구멍이 뚫렸다.

거대한 장벽이 허물어진 것은 반각도 채 걸리지 않아서였다.

하지만 그것이 끝이 아님을 용소진은 알고 있었다.

과연 그의 생각대로 흙덩이가 일어서고 있었다.

그때 용소진이 오 장 높이의 허공으로 솟구쳤다.

땅속에 흐르는 괴이한 기운을 단숨에 끊어 놓기 위함이었다.

그것이 결정타가 될 것이 틀림없었다.

'구룡천폭이라면 충분할 것이다.'

쿠와와왕!

천지를 통째로 뒤흔드는 듯한 굉음과 함께 어마어마한 거력이 일시에 쏟아져 내렸다.

용권풍을 연상시키는 구룡천폭이 이제 막 일어서는 흙의 장벽을 위에서부터 강타했다.

쿠구구구—쾅!

지축을 뒤흔드는 폭음이 터져 나왔다.

그 속에서 구룡천폭의 무지막지한 충격파를 감당하지 못한 괴이한 기운이 땅속에서 일시에 터져 나갔다.

팟팟팟팟!

터져 나간 기운을 타고 붉은 핏물이 분수처럼 뿜어져 나왔다.

수백 개의 피분수가 일제히 쏟아지자 대기를 타고 혈무가 형성되어 순식간에 장내를 삼켜 버렸다.

그 속에서 피에 굶주린 혈귀들이 미친 듯이 병장기를 휘둘러 댔다.

자유를 되찾은 홍동곽이 사방으로 날아다니며 적들을 튕겨 냈고, 검무양의 선풍검이 검풍일휘몰살이라는 이름에 걸맞게 대여섯 명의 적들을 한꺼번에 난도질했다.

기세가 바짝 오른 광풍단을 맞이한 남천묵영단은 물러나기

에 급급했고, 구룡용린수를 손에 끼고 있는 하후량의 미친 듯
한 공세에 융백 또한 손발이 어지럽기만 했다.

촤아악! 촤아악!

쉴 새 없이 작렬하는 도첨장에 융백은 검신 전체가 백열처
럼 이글거리는 검을 정신없이 휘둘러야만 했다.

도첨장을 구룡용린수가 증폭시켜 놓았기에 대등하던 두 사
람의 무력에 차이가 벌어져 버렸다. 그 때문에 융백은 하후량
의 도첨장을 간신히 받아 내기에 급급할 수밖에 없었다.

이를 악물고 악독한 살기를 두 눈 가득 불태워 보지만, 그
런다고 상황이 바뀌는 것은 아니었다.

하후량에 대한 분노와 질시로 인해 악이 머리끝까지 받친
융백이 어느 순간 눈을 찢어져라 부릅뜨며 크게 한 걸음 물러
나더니 백열처럼 이글거리는 검으로 작은 원을 그렸다.

모든 것을 빨아들이고 태워 버리는 초열혈(焦熱穴)이었다.

하후량은 초열혈의 위력에 대해 일전에 겪어 보았기에 잘
알았다.

허공을 뒤덮고 있던 비릿한 혈무가 초열혈로 빨려 들며 순
식간에 증발해 버린 순간, 하후량의 왼손이 예전처럼 검신을
불쑥 잡아 갔다.

그에 융백이 입가에 비릿한 조소를 매달았다.

'놈! 또다시 같은 수를? 이번엔 당하지 않는다.'

융백은 하후량의 왼손이 검신을 붙잡은 순간 단전이 찢어

져라 공력을 일으켰다. 노림수를 펼칠 엄두조차 내지 못하도
록 불태워 버릴 작정이었던 것이다.

"......!'

뭔가가 이상했다.

불타는 소리도 없었고, 매캐한 냄새도 없었다.

순간 하후량이 히죽 웃었다.

융백은 가슴이 서늘해지는 불길한 느낌에 검을 놓아 버리
고 빠르게 뒤로 물러났다.

츄—악!

날카로운 도첨장이 공간을 저미며 융백의 상체를 길게 갈
라놓았다.

그러나 융백이 검을 버리면서까지 물러나는 바람에 치명상
을 입히지는 못했다.

길게 갈라진 혈선을 바라보며 하후량이 입맛을 다셨다.

"쥐새끼 같은 놈!'

융백은 전신의 피가 싸늘히 식는 것을 느꼈다.

그의 시선이 하후량의 왼손으로 향했다.

"아, 이거? 구룡신기 중의 하나인데, 저 친구한테 선물로 받
았다. 어때? 대단하지?'

하후량이 검신을 잡은 채로 왼손을 들어 올리며 빈정거렸
다.

그에 입가를 씰룩인 융백이 주변을 둘러보았다.

아직 싸움이 끝난 것은 아니었지만, 시간 문제였다.

멀쩡해 보이는 구천신룡이 이쪽으로 다가오는 것이 후토마제를 비롯한 지둔일족이 한꺼번에 펼친 지둔의 술법도 깨진 모양이었다.

결국 또다시 실패한 것이다.

'끝장이군.'

돌아가 봐야 자신이 설 자리는 없을 터였다.

그래도 돌아가야 했다. 언제고 기회는 올 테니까.

융백이 돌아가기로 마음먹은 순간 그의 그림자가 꿈틀거리는가 싶더니 시커먼 손이 그림자 속에서 불쑥 튀어나왔다.

그러더니 융백의 몸을 붙잡았다. 일전처럼 또다시 빠져나가려고 하는 것이다.

"또?"

하후량이 왼손으로 잡고 있던 검을 빠르게 내던졌다.

그에 융백이 히죽 웃으며 오른손을 휘둘렀다. 휘둘러진 오른팔이 찰나의 순간 시야를 가리며 검을 쳐 냈을 때였다.

슈—앙!

공기를 터트리는 굉장한 파공성이 들려왔다.

깜짝 놀란 융백이 방향을 간파한 순간엔 이미 코앞까지 들이닥친 후였다.

융백이 다급히 양손을 움직여 막아 갔다.

퍼억!

'부, 분명히 쳐 냈는데……?'

융백의 시선이 움직였다.

머릿속을 휘젓는 지독한 통증의 원흉이 거기에 있었다.

기다란 묵빛 장창이 그의 어깨를 꿰뚫고 있었다.

구룡창이었다.

구룡창이 융백의 어깨를 관통한 다음 그의 그림자에 깊숙이 박혀 있었다.

시커먼 융백의 그림자에서 붉은 핏물이 흘러나오고 있었다.

"이 쥐새끼! 드디어 잡았구나."

다가온 하후량이 구룡창을 양손으로 붙잡아 힘껏 뽑았다.

단번에 빠져나온 구룡창을 따라서 붉은 핏물이 뿜어져 나왔다.

"큭!"

고통에 겨워하는 융백. 하후량이 그를 내려다봤다.

"어떻게 죽여 줄까?"

그에 융백이 피식 웃었다.

"다음에 보자."

"뭐?"

이해할 수 없는 융백의 말에 하후량이 어리둥절해 할 때였다.

"해(解)!"

중후한 일갈과 함께 강렬한 기가 휘몰아쳐 왔다.

먹을 찍어 허공에 그려 놓은 듯 커다란 글씨가 되어 휘몰아쳐 오는 강기 다발에 하후량의 얼굴이 딱딱하게 굳었다.

"생사신필(生死神筆)!"

다급히 외친 하후량이 용소진을 향해 구룡창을 내던지는 한편 양손을 번갈아 가며 도첨장을 발출했다.

꽈—룽!

날벼락이 치는 듯한 굉음과 함께 상대의 공세를 막아 내기는 했지만, 삼 장을 튕겨 나는 것만큼은 어쩔 수가 없었다.

답답해진 가슴을 애써 억누르며 전방을 바라봤다.

한 자루의 판관필을 든 노인이 고통에 신음하는 융백의 곁으로 홀연히 나타났다.

노인은 빠른 손놀림으로 융백의 상처를 지혈한 다음 하후량을 바라봤다.

"날 아는군. 그렇다면 이 아이가 다음에 보자고 한 이유를 잘 알겠구나."

새하얀 수염을 가슴께까지 탐스럽게 기른 노인은 생사신필이라 불리는 모위명이었다.

모위명을 바라보는 하후량의 얼굴이 더욱 굳어진 순간 구룡창을 앞세운 용소진이 모위명을 덮쳐 갔다.

모위명이 판관필을 들어 올렸다.

"환(幻)!"

모위명이 일갈을 터트린 순간 용소진의 눈앞에 거대한 붓이 마치 환영처럼 모습을 보이더니 환(幻)이라는 글자를 펼쳐 놓았다.

　용소진이 펼친 구룡관천이 거기에 부딪쳤다.

　꽈―광!

　굉장한 충격파가 터져 나왔다. 일그러진 공간 속으로 흙먼지가 솟구쳐 오르며 시야를 가렸다.

　다시 한 번 출수하려던 용소진이 주춤하더니 구룡창을 내렸다.

　모위명이 이미 사라지고 난 후였던 것이다.

　용소진이 미간을 찌푸렸다.

　모위명이 남긴 말 때문이었다.

　―다시 만나게 될 것이니라.

第七章
각성, 그리고 소림의 뜻

"돌아가던 중간에 만났다. 융가에서 널 노린다고 너와 함께 하라고 하셨다더군."

하후량의 말에 용소진이 고개를 끄덕였다.

그러나 마냥 기뻐할 수만은 없었다.

일백이 와서 삼십 정도가 쓰러졌기 때문이다.

적들에 비하면 훨씬 적은 숫자였지만, 목숨이라는 것이 숫자로만 따져지던가? 적들 수백의 목숨보다 아군 한 명의 목숨이 더 소중한 것이 인지상정(人之常情)이 아니겠는가.

하여 기쁘지만은 않은 얼굴로 주위를 둘러보았다.

'광풍단이라고 했던가?'

철혈패천문의 무인들이 바쁘게 움직이며 전장을 정리하고 있었다.

한쪽에서는 그 모습을 홍동곽 등이 지켜보고 있었다.

홍동곽도 이번엔 제법 놀랐는지, 아직 놀람이 가시지 않은 얼굴이었다. 그런 홍동곽의 곁에 요령이 바짝 앉은 채로 걱정스러워하고 있었다.

제짝인 모양인지 갈수록 두 사람의 모습이 어울려 보인다.

"희생이 많았습니다."

용소진의 말에 하후량이 얼굴을 차갑게 굳히며 말했다.

"다 그렇지. 전투가 있으면 죽음이 있기 마련이지. 너무 신경 쓰지 마라. 자신이 죽을 수 있다는 것을 늘 염두에 두고 사는 녀석들이다. 적들을 다시 만나면 녀석들의 몫까지 죽여 주면 그만이다."

냉정한 말이지만, 용소진은 고개를 끄덕일 수밖에 없었다.

그때 한쪽에서 소이종이 다가왔다.

"다 끝났습니다."

소이종의 말에 하후량이 소이종의 뒤쪽으로 시선을 두었다.

"몇이더냐?"

"서른둘입니다. 운신이 힘든 녀석들은 일곱 명쯤 됩니다."

하후량이 미간을 찌푸렸다.

"오십 명을 제외한 나머지는 돌려보내라. 무슨 말인지 알겠지?"

"이미 그렇게 준비해 두었습니다."

하후량이 고개를 끄덕였다.

이럴 때만큼은 제법 든든했다.

'평소에도 그렇게 하지.'

내심 중얼거린 하후량이 용소진을 쳐다보며 말했다.

"출발하자. 이러다 피 냄새가 몸에 배겠다."

*　　　　*　　　　*

뜨거운 핏물, 비릿한 혈향.

유백언은 꿈을 꾸고 있었다.

자신을 비웃고 조롱하는 계집의 가슴을 움큼 쥐어 뜯어내고, 머리통을 잡아 뽑아내 콸콸 쏟아지는 뜨거운 핏물을 온몸에 뒤집어썼다.

단전에서 치솟아 오른 뜨거운 기운이 가슴을 불태워 버리자 지독한 갈증이 머릿속을 휘저었다.

갈증을 해소시켜 줄 무언가를 찾던 그의 눈에 사시나무 떨듯 하고 있는 작은 인영들이 여럿 보였다.

철벅! 철벅!

걸음을 옮기자 발바닥을 간지럽게 하는 물컹한 느낌과 함께 지독한 혈향이 피어올라 갈증을 더욱 부채질했다.

"크카카카!"

광소를 터트렸다.

이곳은 자신만의 공간, 신이라도 자신을 어쩌지 못할 터였다.

성큼 걸음으로 다가간 유백언은 바르르 떨고 있는 작은 동체를 덥석 잡아 올렸다.

"까악!"

귀청을 두들기는 뾰족한 비명에 걷잡을 수 없는 분노가 치솟은 유백언은 붙들고 있던 동체를 한쪽으로 던져 버렸다.

퍼—억!

작은 동체가 단단한 벽에 부딪치자 박 깨지는 소리와 함께 피범벅이 된 하얀 뇌수가 흘러나왔다.

그 광경에 머릿속이 쿵 하고 울리며 작은 속삭임이 연이어 들려왔다.

─찢어 버려라.

─달콤하게 마셔라.

─꿈속은 너만의 공간, 마음껏 즐겨라.

"크하하핫!"

공간이 출렁일 정도의 광소를 터트린 유백언이 또 다른 동체를 들어 올렸다.

좀 전의 광경 때문인지 말을 못하고 쉴 새 없이 떨고만 있다.

그 모습에 묘한 쾌락이 일어나 걷잡을 수 없는 흥분이 그를 휘감았다.

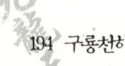

시뻘건 손으로 동체를 어루만지던 유백언은 침이 가득한 입을 쩍 벌려 동체의 젖가슴을 덥석 베어 문 다음 가랑이 사이로 자신의 몸을 억지로 들이밀었다.

"아악! 사, 살려 주세요."

고통에 찬 울부짖음 따위는 더 이상 들리지 않았다.

이윽고 하물에서 전해져 오는 지독한 쾌락에 몸서리를 치며 동체의 젖가슴을 물어뜯었다.

달콤한 핏물이 목을 적시며 그 너머로 곧장 넘어갔다.

꿀꺽! 꿀꺽!

갈증을 해소시키기 위해 삼키고 또 삼켰다.

그러나 갈증은 쉽사리 사라지지 않았다.

유백언은 이 갈증을 그 스스로가 해소할 수 없다는 것을 알지 못했다.

*　　　*　　　*

"얼마나 남았느냐?"

"열 명입니다."

"흐음, 부족하겠구나. 백 명이면 충분할 줄 알았더니. 남은 열 명은 한꺼번에 넣지 말고, 반 시진에 한 명씩 넣어라. 그리고 혈천단에 일러 오십 명만 더 구해 오라고 알려라. 대성이 눈앞이라 시간이 없으니 가까운 곳에서 구해도 좋다고 하여라."

"존명."

수하가 물러가자 홀로 남은 자가 중얼거렸다.

"지독한 놈이군. 얼마나 욕념이 강했으면……. 그것도 조만간 끝날 것이다. 그때가 오면 네놈은 다시 태어나게 될 것이다."

더없이 사악한 음성이었다.

*　　　*　　　*

청명한 하늘에 햇볕이 따스했다.

화영령은 환자를 데리고 밖으로 나왔다.

환자의 상체를 세울 수 있는 간이 침상을 만들어 달라 청한 다음 거기에 푹신한 솜이불을 깔았다.

그 위에 환자를 눕힌 다음 얇은 이불로 덮어 주었다.

환자는 그렇게 햇볕을 받았다.

"햇볕이 참 따뜻하죠? 이제는 많이 좋아지셨으니 자주 모실게요. 그러니까 힘내셔야 해요."

그렇게 환자에게 속삭여 준 화영령이 눈을 감고 가만히 하늘을 올려다봤다.

따스한 햇살이 그녀의 얼굴에서 부서졌다.

그 따스한 느낌에 화영령의 입가에 포근한 미소가 지어졌다.

그 상태로 화영령이 입을 열었다.

"얼음탱이…… 아, 죄송해요. 아드님이시니 얼음공자라 할
게요. 얼음공자가 어머님을 많이 생각하나 봐요. 찬바람이 쌩
쌩한 얼굴로 매일 세 차례씩 찾아오는 걸 보면요."

순간 환자의 동공이 일렁였지만, 당연하게도 화영령은 알
아채지 못했다.

"너무 찬바람이 불어서 모두들 무서워하는 것 같던데, 쳇!
그런다고 내가 겁낼 줄 아나? 아! 죄송. 음…… 그래도 조금만
흉 좀 볼게요."

누가 지켜보기라도 한다는 듯이 입가를 가리고 웃음소리를
흘린 화영령이 계속 입을 열었다.

"아무래도 어머님이 일어나시지 못하자 마음에 상처를 입
은 것 같아요. 사내랍시고 가슴 아파도 아프다 말을 못하고,
울고 싶어도 울지 못하니 가슴속에 못된 것이 자랄 수밖에요.
그러니 그렇게 찬바람이 쌩쌩."

거기에서 말을 중단한 화영령이 눈을 뜨고는 환자를 돌아
봤다.

그리고 맑은 음성으로 말했다.

"걱정하지 마세요. 어머님께서 일어나시면 예전의 밝은 웃
음을 되찾을 거예요. 그러니까 먼저 힘내서 일어나셔야 해
요. 알았죠?"

그리고는 이불을 조심스럽게 여미며 환자의 상태를 점검했다.

화영령의 그런 모습을 멀리서 지켜보는 눈이 있었다.

얼굴에 찬바람이 쌩쌩인 사내 하후표였다.

"……."

하후표는 한동안 석상처럼 말없이 지켜보다 돌아갔고, 따스한 가을바람이 불어와 그의 빈자리를 채웠다.

*　　　　*　　　　*

하남성 천중산(天中山).

어둠이 내려앉은 천중산 깊숙한 곳 한쪽에서 장작불이 한참 기세를 일으키고 있었다.

그리고 그 위에 통통한 멧돼지 한 마리가 벌거벗은 채 지글거리고 있었다.

"고놈 참! 무지하게 군침 돌게 만드는군. 아직 멀었냐?"

금방이라도 손을 뻗을 듯한 철공도의 물음에 홍동곽이 불을 조절하며 대답했다.

"조금만 기다리슈. 안쪽까지 고루 익어야 제 맛이오."

"다 익은 것 같은데……."

"뭔 노인네가 그리 식탐이 많소? 조금만 기다리면 어련히 알아서 안 줄까?"

"이놈아! 너도 늙어 봐라. 식탐마저 없으면 무슨 재미로 사냐?"

"하이고, 그렇게 늙을 거면 차라리 똥통에 코 박아 버리겠소."

"뭐야? 네놈이 지금 나보고 죽으라는 거냐?"

철공도가 대뜸 화를 내자 홍동곽이 얼른 손사래를 쳤다.

"아니요. 아닙니다요. 제 말은 그런 게 아니라……."

"늙었다고 설마하니 귓구멍까지 막혔을까? 이놈이 령아를 생각해서 귀여워해 주려고 했더니, 버르장머리 없는 놈 같으니라고. 자고로 버릇없는 녀석들은 매가 약이라 했다. 카악! 퉤! 퉤!"

철공도가 일어서서는 양손에 침을 뱉은 다음 쇠망치를 꺼내 들었다.

그에 홍동곽이 움찔했다.

"아니, 난 그런 게 아닌데……."

"오냐. 네놈 몸이 단단한지 이 쇠망치가 단단한지 겨뤄 보자."

바로 그때 귓가를 아프게 하는 뾰족한 음성이 들려왔다.

"철 할아버지!"

철공도가 흠칫했다.

슬쩍 고개를 돌려 보니 요령이 허리에 양손을 척 올린 채 씩씩거리고 있는 모습이 보였다.

"음, 왜 그러느냐?"

이유를 모르겠다는 듯이 슬쩍 물어보았다.

그에 요령이 홍동곽을 가리켜 가며 소릴 질렀다.

"왜 할아버지가 패려고 해? 패도 내가 팰 거야. 그러니까 그거 집어넣어."

요령의 말에 오히려 홍동곽이 움찔했고, 기가 막힌 철공도는 두 눈만 깜박이다 슬쩍 요심개를 돌아봤다.

요령의 위아래 없음이야 일찍부터 알고 있었지만, 설마하니 이 정도일 줄은 몰랐던 것이다.

'도대체 어떻게 가르쳐 놓았길래?'

하지만 요심개의 고개는 저쪽으로 돌아가 버린 후였다.

그때였다.

쿠─웅!

묵직한 땅울림이 가까이서 들려왔다. 그러더니 흥겨워하는 사내의 굵은 음성이 이어졌다.

"어이쿠야, 자알 익었구나."

철공도와 홍동곽이 돌아보니 칠척장신의 거한이 보통 어른 키만큼이나 커다란 무쇠망치를 내려놓은 채 지글거리는 멧돼지의 뒷다리 한 짝을 커다란 손으로 덥석 잡더니 단숨에 찢고 있었다.

"어, 어어?"

홍동곽의 입에서 다급성이 새어 나왔고, 철공도는 대뜸 소리를 지르며 한걸음에 다가갔다.

"이런 미친놈을 보았나, 너 뭐냐?"

"어? 양충인뎁쇼. 이거 노인장 거요?"

하고는 들고 있던 뒷다리를 불쑥 내밀었다.

그에 얼떨결에 뒷다리를 받아 든 철공도가 뒷다리와 양충이라 밝힌 거한을 번갈아 봤다.

그러거나 말거나 양충이 남아 있는 뒷다리를 단숨에 찢어 들었다.

그러더니 철공도에게 말했다.

"힘 좀 쓰시는 분 같은데, 많이 드슈."

그리고는 들고 있던 뒷다리를 입으로 가져가 크게 한입 뜯더니 게걸스럽게 씹었다.

그 모습에 철공도의 목울대가 연신 움직였다.

결국 철공도 역시 들고 있던 뒷다리를 입으로 가져가 한입 뜯었다.

철공도의 얼굴에 만족스럽다는 표정이 떠올랐다.

그 모습에 홍동곽의 표정이 일그러졌다.

"하나는 령아에게 주려고 했는데……."

무심결에 중얼거린 홍동곽. 가까이에 있던 요령이 그 중얼거림을 듣고 두 눈을 반짝인 것을 그는 알지 못했다.

다섯 마리의 멧돼지 일가가 한꺼번에 잡혀 왔다.

철공도와 양충의 뱃속으로 절반쯤 사라져 버린 멧돼지는 홀로 떠돌던 늙은 수컷이었고, 이제 막 광풍단의 몇몇이 잡아 온 멧돼지 일가가 제대로 된 수확이었다.

천중산 한쪽을 차지하던 멧돼지 일가는 채 한 시진이 못 되어 뼈만 남기고 사라져 버렸다.

그리고 멧돼지 일가가 사라져 가는 모습을 철공도와 양충이 부러운 시선으로 지켜봤다.

두 사람은 자신들이 한 짓이 있었고, 이미 배가 채워진 상태라 손을 내밀 수가 없었다.

홍동곽은 더없이 행복한 얼굴이었다.

두 사람의 바로 앞이었기에 더더욱 그랬는지도 몰랐다.

시간이 지나자 어둠이 더욱 짙어졌다.

모닥불이 어둠을 밝히는 가운데 하나 둘 지친 육신을 뉘였다.

하후량이 요심개를 찾아왔다.

하지만 쉽사리 말을 꺼내지 못하는 눈치였다.

"뭐냐? 뭔데 사내자식이 미적거리고 지랄이냐?"

"거, 지랄까지야……. 저기, 혹시 말이오. 그러니까, 다 죽어 가는 사람도 살리는 그런 영약 같은 거 슬쩍…… 가지고 있는 게 있소?"

"그러니까, 내가 도둑질한 것들 중에 그런 영약이 있냐, 이 거지?"

요심개의 반문에 하후량이 멋쩍게 웃으며 고개를 끄덕였
다.

"없다."

단호한 요심개의 말.

없을 수도 있고, 줄 수 없다는 말일 수도 있다. 어쨌거나 얻
을 수 없다는 뜻이었다. 하후량이 돌아섰다.

"쉬시오."

돌아선 하후량의 얼굴에 실망의 기색이 언뜻 스쳐 갔다.

요심개에 대한 실망이 아니라 처한 현실에 대한 실망일 뿐
이다.

모친이 오랜 병상에 있었다.

하나 그를 낳아 준 모친이 아니었다. 어린 시절부터 그게
싫어서 밖으로 나돌았다.

자신을 홀대하거나 미워하지 않는다는 것을 알고 있었다.

어떨 때는 친 자식인 동생보다 자신을 더 아껴 주는 것 같
았다. 하지만 그걸 알면서도 다가갈 수가 없었다.

자신이 받아들이게 되면 자신을 낳아 준 친 모친을 배신하
는 것 같았기 때문이다. 그래서 끝내 다가가지 못했고 지금까
지 이어져 왔다.

이복동생인 하후표는 어릴 때부터 자신을 잘 따랐다.

가끔은 자신이 매몰차게 굴 때도 있었는데, 그래도 형이랍
시고 잘도 따라다녔다.

언제나 밝은 얼굴로 먼저 웃어 주었었다.

그런 동생이 모친이 병상에 누운 뒤로 변해 버렸다.

항상 차가운 얼굴로 돌아다녔고, 웃음을 잃어버린 사람 같이 변했다.

모든 게 자신 때문인 것 같아 가슴이 아팠다.

하나 자신이 해 줄 수 있는 일은 아무것도 없었다.

문득 도둑으로 이름을 떨친 요심개에게 죽어 가는 사람도 살린다는 영약이 있을지도 모르겠다는 생각이 들었다. 하여 물어본 것인데, 없단다.

역시 자신이 해 줄 수 있는 일은 없었던 것이다.

웃음이 나왔다.

백소광자라는 이름을 얻도록 해 준 하얀 웃음이 하후량의 얼굴 가득이었다.

*   *   *

개방과 대류전장이 싸움을 벌일 것이라는 소문이 강호에 크게 떠돌았다.

강소성이라고 다르지 않았다.

만정홍이 판을 제대로 벌인 모양인지 공손우덕이 탄 팔두마차보다 소문이 앞서 도착해 있었다.

어중이떠중이는 필요 없었다.

제대로 된 전력만이 필요했다.

하여 소문이 앞서 번지도록 하라고 지시했었다. 과연 만정
홍은 흡족하게 처리해 놓았다.

강소성 소주(蘇州)로 돌아온 공손우덕은 평소 자신에게 연
줄을 대지 못해 안달이던 무파들에 일제히 인편을 보냈다.

그렇지 않다 하더라도 제법 이름이 알려진 곳이라면 가리
지 않고 사람을 보냈다.

그런 곳이 도합 오십여 곳 가까이 되었다.

어느 정도나 동참해 줄지는 미지수였다.

하지만 적어도 개방과 그들을 추종하는 세력들을 상대할
만큼은 움직일 것으로 내다봤다.

그게 금력이었다.

개방의 무력이 강하다 하지만 대륙전장의 금력 또한 그에
못지않았다.

게다가 대륙전장과 어떻게든 관련 있는 무파들은 함부로
개방의 편에 서지 못할 터였다. 대륙전장엔 그만한 힘이 있었
다.

자신의 이름으로 된 수백 통의 서찰이 중원 곳곳으로 날아
갔다. 대륙전장의 모든 지부가 한꺼번에 움직일 터였다.

개방이 일만이라고 했다.

대륙전장은 삼만이었다.

물론 무인이 아니다.

개방이 대륙전장을 무시한 이유가 거기에 있었다. 그들은 무인들의 전투력만을 힘으로 본 것이다.

그것은 명백한 실수다.

그들은 모른다. 대륙전장의 삼만에 달하는 사람들과 금력이 한꺼번에 움직이면 어떤 일이 벌어지는지 그들은 상상도 못하고 있었다.

그 무지가 개방을 쓰러트릴 터였다.

*　　　*　　　*

기환문(奇幻門)의 문주 기환진천(奇幻震天) 유곽은 기회라고 생각했다.

그의 아들 기환공자(奇幻公子) 유문경이 퉁퉁 부어오른 얼굴로 돌아왔을 때만 해도 노발대발 정신이 하나도 없었다. 주위의 모든 인력을 동원하여 구천신룡을 죽이고자 하였다.

그러다 구천신룡에 대한 소문을 하나하나 떠올려 보고는 어쩌면 천재일우의 기회가 자신에게 찾아왔다고 생각했다.

비록 구천신룡이 강하다고는 하지만 구룡신기에 의존한 힘이었기 때문이다.

구룡신기 없는 구천신룡.

이빨 빠진 범을 잡는 일은 그에게 그야말로 여반장이었다.

그리고 그에겐 신기들의 천신지기(天神之氣) 같은 영험한 힘을 무력화시키는 기환술(奇幻術)이 존재했다.

전령귀진박(纏靈鬼晉搏)이 바로 그것이었다.

정심한 공력을 쌓은 무인들에겐 무용지물이지만, 사악한 기운을 쌓은 자들이나 신기(神氣), 혹은 마기(魔氣)가 서려 있는 무구들을 무력화시키는 데는 위력을 떨치는 술법이었다.

하지만 그것만으로는 구천신룡을 잡을 수가 없었다.

구천신룡에게는 절정고수들이 함께했기 때문이었다.

고민에 고민을 거듭한 유곽은 개방을 찾아가기로 결심했다.

어차피 개방과 구천신룡은 부딪칠 수밖에 없었다.

그리고 그 싸움에서 개방이 승리할 것이었다. 하지만 지금까지 구천신룡과 그 동료들의 믿을 수 없는 행보로 보아 엄청난 타격을 입을 수밖에 없을 터였다.

자신이 개방에 합류하여 구룡신기의 힘을 무력화시켜 버리면 그것을 막을 수가 있었다.

그렇게 되면 아들에 관한 빚을 청산하고, 개방과는 우호를 돈독히 할 수 있을 터였다. 게다가 기환문의 이름도 널리 떨칠 수 있을 것이 분명했다.

유곽은 상상만으로도 즐거웠다.

기회는 움켜쥐는 자만의 것이었다. 그리고 지금은 움켜쥐어야만 했다.

"여봐라. 밖에 누가 있느냐? 개방으로 갈 것이니라. 으하하

하!'

*　　　　*　　　　*

천중산을 채 벗어나기도 전에 걸음을 멈추어야만 했다.

단 한 명의 노인 때문이었다.

세월의 무게인 양 주름이 얼굴 가득인 노인이었다. 노인은 그런 얼굴로 온화하게 웃고 있었다. 사람을 편안하게 만드는 웃음이었다.

하지만 홍동곽은 그렇지가 않았다.

노인을 본 순간, 걸음을 우뚝 멈춰 서더니 이내 분노로 몸을 잘게 떨었다.

"다, 당신은……."

"허허허! 억지로 떼어 놓았더니, 또다시 붙어 있구나. 그게 네놈의 운명인 모양이다."

"허튼소리! 그 얼굴로 얼마나 많은 이들을 해쳤소?"

"아이야, 노납(老衲)이 사람들을 많이 상하게 하긴 했으나 이제껏 죽은 이는 단 한 명도 없구나. 그건 네놈도 마찬가지이니라. 허허허!'

허허롭게 웃는 노인, 요료는 진심이었다.

물론 자신에게 호되게 당한 적이 있는 홍동곽이 그것을 믿을 거라고는 생각지 않았다.

요료의 말에 용소진을 비롯한 동료들의 시선이 홍동곽에게로 향했다.

용소진은 홍동곽에 대해 많은 것을 몰랐지만, 한 가지만은 확실히 기억하고 있었다. 그 또한 피투성이가 되어 화씨의가로 실려 왔고, 오랫동안 정신을 차리지 못한 채로 지냈었다는 것이다.

두 사람의 대화로 보아 눈앞의 노인이 홍동곽을 그렇게 만들었던 모양이었다.

"망할 늙은이야, 다 필요 없으니까 내 물건을 내놓아라. 그건 소진이 것이란 말이다!'

이해할 수 없는 말을 그렇게 크게 외친 홍동곽이 불혼탄괴공을 극성으로 끌어올리더니, 노인을 향해 탄알처럼 쏘아져 갔다.

한데 그 기세가 지금껏 볼 수 없을 정도로 살벌한 것이 반드시 죽이고야 말겠다는 그의 일념이 강하게 느껴졌다.

"허허허! 그때나 지금이나 똑같구나."

요료는 마치 손자의 재롱을 보는 듯 그렇게 흐뭇하게 웃었다. 그러더니 느릿한 동작으로 오른손을 펼쳐 마치 부채질하듯 위에서 아래로 가볍게 흔들었다.

힘없는 노인의 가벼운 손동작에 불과해 보였다.

그러나 결과는 그렇지가 않았다.

요료의 그 가벼운 손동작에 산악처럼 거대한 기운이 휘몰

아치더니 쏘아져 오는 홍동곽의 신형을 위에서 아래로 강타
했다.

쾅!

요란한 굉음이 고막을 강타하자 뿌연 먼지구름이 삽시간에
일어났다가 서서히 흩어졌다.

이윽고 드러난 광경에 모두들 깜짝 놀랐다.

홍동곽의 신형이 완전히 땅속에 파묻혀 있었기 때문이다.

"으으으"

홍동곽의 입에서 신음이 흘러나왔다.

순간, 작은 인영이 쏜살같이 튀어 나갔다.

쐐—앵!

그것보다 더 빠르게 작은 금환들이 요료를 향해 날아갔다.

요령이었다.

요령이 그렇게 갑작스럽게 튀어 나간 순간 검무양이 검을
뽑아 들고는 한 줄기 질풍처럼 뒤따랐다.

그야말로 눈 깜짝할 사이에 연이어 벌어진 일이었다.

그리고 요령이 날린 금환들이 코앞에까지 짓쳐든 순간, 요
료가 다시 한 번 팔을 휘저었다.

그러자 좀 전의 그 거대한 기운이 다시 한 번 휘몰아치더니
금환들을 단숨에 휩쓸어 버리고는 뒤따르는 요령의 신형마저
날려 버렸다.

"아악!"

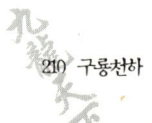

날아가는 요령을 요심개가 가로챘다.

그때 요령을 날려 버린 힘이 그러고도 여력이 남아 돌진해 오는 검무양마저 휩쓸어 갔다.

검무양이 검을 선풍처럼 휘돌리며 날카롭게 쇄도해 갔다.

하나 그마저도 소용이 없었다.

재차 휘둘러진 요료의 손짓에 태산이 짓누르는 듯한 압박감을 느끼고는 무기력하게 튕겨져 버렸다.

순식간에 세 사람이 쓰러지자 일행들의 얼굴이 무겁게 가라앉았다.

"정말 대단한 노인이군."

순수한 감탄을 내뱉은 하후량이 한 걸음 나섰다.

검무양마저 저리 쉽게 날려 버린 노인이었다. 자신 역시 상대가 되지 못함을 알았다. 하지만 보고만 있을 수는 없었다.

그때 하후량을 막아서는 이가 있었다.

용소진이었다.

용소진은 요료를 상대할 사람이 자신뿐임을 알아봤다. 다른 사람이 나서는 것은 불필요한 희생일 뿐이었다.

그렇다면 자신이 나서야 했다.

하후량을 만류한 용소진이 구룡창을 강하게 움켜쥐며 한 걸음 나섰다.

폭발할 것 같은 기세가 거세게 일어났다.

그것도 잠시, 눈이 멀어 버릴 것 같은 푸른색의 섬광이 찰나 간에 번쩍였다.

다섯 줄기로 피어난 청광.

다섯 마리의 청룡들이 용소진을 휘돌았다.

요료의 눈이 이채롭게 반짝였다.

바로 그 순간 용소진이 구룡창을 들어 올렸다. 그에 다섯 개의 청광이 구룡창을 맹렬하게 휘감았다.

눈앞의 노인은 강하다.

지금껏 볼 수 없었던 강함이다. 그의 손에 죽었던 풍진개만이 그에 필적할 정도로 강했다.

아니다.

풍진개도 이 정도는 아니었다.

심장이 긴장했다. 구룡의 기운이 적수를 만난 듯 폭급해졌다.

정신을 집중하고, 구룡의 기운을 풀어 버렸다. 순간 구룡의 기운이 더없이 강맹해지는 것이 느껴졌다. 가히 해일처럼 모든 걸 휩쓸어 버릴 것 같은 기세였다.

그럼에도 노인은 긴장하지 않는다.

묘한 느낌이 들었다.

'왜지? 그만큼 강하다는 것인가?

어쨌거나 한 번의 부딪침으로 끝날 것이다.

대기가 급속도로 팽창하며 금방이라도 폭발할 것처럼 한계에 다다랐다.

그때였다.

"저 아이들 치료 안 할 거냐?"

이죽거리듯 툭 내뱉는 요료의 한마디에 용소진은 맥이 탁 풀리는 것을 느꼈다.

다행히 가벼운 내상에 불과했다.

자신을 소림에서 온 요료라고만 밝힌 노인이 손속에 인정을 둔 것임을 알 수 있었다.

하지만 좋은 의미로 받아들일 수만은 없었다. 어쨌거나 동료들이 다쳤기 때문이다. 더 중요한 것은 모든 것을 포기하고 자신과 함께 소림사로 가자고 했다.

당연히 그럴 수가 없었다.

자신을 막아선다면 쓰러트리고 지나갈 수밖에.

용소진이 기세를 거두지 않자 요료가 고개를 저었다.

"말이 통하지 않는 아이구나. 나무아미타불!"

요료가 합장을 했다.

순간 그의 몸이 둥실 떠오르더니 허공에서 구부정한 허리를 꼿꼿이 세우고는 가부좌를 틀었다.

그런 요료의 주위로 심상치 않은 기운이 요동을 치고 있었다.

용소진의 신형도 허공으로 떠올랐다.

폭발할 것 같은 기운이 그의 몸을 휘돌았다.

용소진은 구룡천폭을 준비했다.

수직이 아닌 수평으로 펼칠 것이지만 문제될 건 없었다.

기하급수적으로 커져 가는 두 사람의 기운에 용소진의 일행들은 삼십 장 밖으로 도망치듯 물러나야만 했다.

이윽고 구룡의 기운과 완벽한 소통을 이룬 용소진은 폭풍 같은 기세로 요료를 향해 쏘아져 갔다.

쿠와와왕!

대기가 산산이 터져 나갔다.

태산이라도 꿰뚫어 버릴 것 같은 무지막지한 기세였다.

순간 요료에게서 금빛 찬란한 섬광이 터져 나왔다.

그리고 그 섬광이 사라지기도 전에 집채만 한 크기의 황금 색 손바닥이 불쑥 튀어나왔다.

"헉! 천왕여래만불장(天王如來卍佛掌)!"

멀찍이서 지켜보던 철공도의 얼굴이 아연실색해졌다.

분명 천왕여래만불장이었다.

처음으로 보는 광경이지만, 분명했다. 그의 머릿속에 들어 있는 천왕여래만불장이 확실했다.

소림사의 수호신승만이 익히고 있다는 전설의 천왕여래만 불장이 확실했다.

도대체 무슨 일로 소림의 수호신승이 나타났단 말인가.

'저, 저 녀석……'

철공도의 얼굴이 하얗게 질려 가는 가운데, 용소진의 구룡천폭과 요료의 천왕여래만불장이 정면에서 격돌했다.

콰—앙!

온 산을 울리는 굉렬한 굉음이 터진 순간, 마치 시간이 멈춘 것처럼 부딪친 두 개의 기운이 정지했다.

그 안에서 용소진과 요료의 공력이 첨예하게 부딪쳤다.

고오오오!

구룡의 기운이 포효를 터트렸다.

그리고 느릿한 모습으로 천왕여래만불장을 밀고 들어갔다.

어느 순간 그대로 돌진하여 요료의 신형을 산산이 터트려 버릴 것만 같았다.

상황이 급변한 것은 바로 그때였다.

요료의 몸을 감싸고 있던 눈부신 금광이 출렁이며 그 안에서 또 하나의 금빛 손바닥이 튀어나온 것이다.

그 순간 시간이 급속도로 빨라졌다.

그리고 천지가 붕괴되는 듯한 어마어마한 굉음이 천지간을 뒤흔들었다.

쫘과광!

굉음 속에서 심하게 뒤틀린 공간을 꿰뚫고 빠른 속도로 튕겨 나는 인영이 있었다.

붉은 핏물이 허공을 붉게 물들였다.

쾅! 쾅!

두 그루의 아름드리나무가 연이어 부러져 나갔다.

세 번째 아름드리나무가 절반쯤 기울어진 순간 튕겨 나간 인영이 멈추어졌다.

"쿨럭! 쿨럭! 크윽!"

밭은기침을 토해 낸 인영은 다름 아닌 용소진이었다.

"소, 소진아!"

"이 녀석아!"

한 사발은 됨직한 핏물을 토해 내는 용소진의 모습에 일행들이 앞 다퉈 뛰어왔다.

다가온 일행들이 부축하기도 전에 용소진이 구룡창에 의지해 신형을 일으켰다.

"괘, 괜찮냐?"

입가에 흐른 핏물을 채 닦지도 않은 채 자신을 바라보는 홍동곽의 모습에 용소진은 가슴이 찡해지는 것을 느꼈다.

일행들을 하나하나 돌아보았다.

그리고 찬란한 금빛에 감싸인 채 가만히 합장을 하고 있는 요료를 쳐다봤다.

자신이 아니라면 이들은 어찌 될까?

자신의 복수행에 동참해 준 이들이 언제나 고마웠다. 결국 여기에서 쓰러져 복수행을 멈출 수밖에 없다 하더라도 이들만큼은 보호해 주고 싶었다.

그러다 문득 자신을 보호해 주었던 스승이 떠올랐다.

구룡창을 전해 주고 복수를 다짐할 수 있게 해 준 스승이 피투성이의 차가운 시신이 되어 돌아온 날이 떠올랐다.

부모님과 용가촌의 사람들, 그리고 자신의 악몽으로 남아 있는 한 줄기 흑선이 가로지른 동공.

순간 쓰러질 수 없다는 의지가 불같이 일어났다.

뜨거운 무언가가 불꽃처럼 되살아났다.

일행들을 밀어내고 앞으로 나왔다.

"소진아!"

홍동곽의 안쓰러워하는 음성이 들려왔지만, 일부러 모른 척했다.

요료를 노려보며 구룡창을 들어 올렸다.

다섯 줄기 청광이 번쩍 솟구쳤다.

단전이 찢어질 듯 고통스러웠다. 이를 악문 채 요료를 노려 봤다. 구룡천폭의 힘으로도 어찌할 수가 없는 상대였다.

어찌해야 할까?

순간 머릿속을 울리는 속삭임이 있었다.

의미를 알 수 없는 속삭임이었다.

하지만 어디에서 비롯된 것인지는 알 수 있었다.

구룡의 기운들이었다. 청룡의 형상을 하고 있는 구룡의 기운이 쉴 새 없이 속삭이고 있었다.

뭔가가 이상했다. 처음이 아니었던 것이다.

속삭임은 분명 언제나 존재했다.

구룡의 기운이 항상 들려 준 속삭임이지만, 오늘에야 의식

할 수 있었다.

'무슨 의미일까?'

머릿속을 요란스럽게 울리는 속삭임.

용소진은 그 속삭임을 붙잡으려 애썼다.

그때 금광에 휩싸여 있는 요료의 신형이 느릿하게 날아왔다.

아는지 모르는지 용소진은 머릿속의 속삭임을 좇을 뿐이었다.

점점 가까워지고 있는 요료의 신형, 한데 용소진은 넋을 잃은 듯 우두커니 서 있기만 했다.

그에 다급해진 하후량이 동료들을 돌아봤다.

시선들이 얽혔다.

뜻이 하나로 움직였다.

순간 광풍단을 포함한 전원이 요료를 향해 일제히 신형을 날렸다.

수십 개의 금환이 일제히 허공을 날았고, 홍동곽이 탄알처럼 쏘아져 갔다.

철공도의 쇠망치가 찍어 갔고, 하후량의 도첨장이 공간을 저며 갔다. 검무양 역시 다시금 검풍을 일으켰고, 광풍단 역시 광란하듯 일제히 달려들었다.

이백 근이나 나간다는 거대한 쇠망치를 휘두르고 있는 철탑광웅 양충의 모습이 단연 압권이었다.

그에 요료의 양손이 금광 속에서 튀어나왔다.

천왕여래만불장이 다시금 펼쳐진 것이다.

퍼퍼퍼퍼퍽!

거대한 손바닥에 모두들 속수무책이었다.

천왕여래만불장은 너무나 웅대해서 인간의 힘이 아닌 것 같았다.

하후량은 도첨장을 중첩시키며 수십 번이나 휘둘렀지만, 천왕여래만불장은 꿈쩍도 하지 않았다.

일행들이 천왕여래만불장의 거대한 힘에 달려들었다 튕기기를 반복하는 사이에 아직까지 정신을 차리지 못한 듯 보이는 용소진의 근처까지 밀려 버렸다.

바로 그때였다.

"아미타불!"

요료의 불호가 터져 나온 순간 대기가 크게 파동 치며 일행들을 한꺼번에 날려 버렸다.

도무지 감당할 수 없는 말도 안 되는 거력이었다.

그러더니 두 개의 손바닥이 용소진의 좌우에서 합장을 하듯 그렇게 한꺼번에 덮쳐 왔다.

그 광경에 튕겨 난 일행들의 얼굴에 다급한 표정이 떠올랐다.

"아미타불!"

요료의 입에서 다시 한 번 불호가 터져 나온 순간 두 개의 거대한 손바닥이 마침내 합장을 이루었다.

용소진의 모습이 사라져 버렸다.

일행들은 끝내 지키지 못했다는 것에 참담한 심정이 되었다.

하지만 요료의 표정이 이상했다.

무언가 마음에 안 들어 하는 듯한 표정이었다. 그것도 잠시 요료의 얼굴이 조금씩 일그러졌다.

그리고,

용소진을 덮친 두 개의 거대한 손바닥이 갑자기 미세하게 갈라졌다.

그 틈을 비집고 엄청난 청광이 터져 나왔다.

번쩍!

요료의 금광이 빛을 잃을 정도로 엄청난 청광이었다.

"큭!"

요료의 입에서 나직한 신음이 새어 나왔다.

그러더니 천왕여래만불장의 그 엄청난 거력이 산산이 흩어졌다.

그리고 용소진이 모습을 드러냈다.

순간 일행들의 얼굴에 기쁨과 놀라움이 가득해졌다.

용소진의 전신에서 은은한 청광이 발하고 있었던 것이다.

청발은 더욱 짙어졌고, 윤기가 가득했다. 언제나 차갑게 가라앉아 있던 두 눈엔 은은한 청색을 띤 눈동자가 청광을 쏟아

내고 있었다.

더욱 특이한 사실은 구룡창이 온데간데없이 보이지가 않는다는 점이었다.

하나 거기에 크게 의문을 표하는 일행은 없었다. 용소진이 살아 있다는 사실만으로도 충분히 정신이 없었기 때문이다.

그때였다.

"아미타불!"

요료의 입에서 호통 같은 불호가 터져 나오더니 천왕여래만불장이 용소진을 향해 날아갔다.

그 엄청난 거력에 일행들이 흠칫한 순간 용소진이 오른손을 가볍게 들어 올렸다.

순간 대기의 기운이 그의 앞으로 순식간에 몰려들더니 거대한 방패막을 만들어 냈다.

콰―쾅!

폭음이 온 산을 울렸다.

충격파가 파동 치며 사방을 휩쓸었다.

천지사방을 휩쓴 먼지구름을 뚫고 천왕여래만불장이 다시 한 번 튀어나왔다.

순간 검푸른 색을 띤 길쭉한 무언가가 허공을 찰나 간에 꿰뚫었다.

구룡창이었다.

좀 전까지만 해도 보이지 않던 구룡창이 갑자기 허공을 꿰뚫고 날아가더니 천왕여래만불장마저 한순간에 꿰뚫어 버렸다.

"커헉!"

요료의 입에서 두 번째 신음이 터져 나왔다.

뿐만 아니라 그의 입에서 시뻘건 핏물이 뿜어졌다.

천왕여래만불장이 깨진 것이다.

소림의 전설이라던 천왕여래만불장이 용소진에 의해 완벽하게 깨진 것이다.

쓰러진 요료가 다시 한 번 피를 게워 냈다.

가슴속의 울혈을 토해 낸 요료의 얼굴은 편안해 보였다. 그때 용소진이 다가왔다.

크게 달라진 것이 없어 보이는 외모, 그러나 크게 달라져 보였다. 요료는 그걸 알아볼 수가 있었다.

"무얼 얻었느냐?"

"제자릴 찾은 것뿐입니다."

용소진이 고개를 가만히 저으며 대답했다.

사실이다.

구룡창과 구룡의 기운은 알 수 없는 미지의 공간 속으로 자리를 잡았다. 그리고 용소진과 이어졌다. 그 공간이 자신의 내부에 존재하는 것인지, 아니면 다른 어떠한 곳에 존재하는 것인지 용소진으로서는 알 수가 없었다.

하나 한 가지만큼은 확실했다.

용소진의 부름에 언제라도 응할 수 있고, 제자리를 찾은 덕에 이전보다 수배는 더 강력한 원래의 힘을 발휘할 수가 있다는 것이다.

용소진으로서는 이해할 수 없는 일이지만, 분명히 그랬다.

더 중요한 사실은 구룡창이 단순한 창이 아니라는 사실이었다. 구룡창은 그 자체가 구룡의 기운이었다.

지금 구룡창이 미지의 공간 속으로 자리를 잡은 이후에야 그 사실을 알 수 있었다.

'그렇다면⋯⋯.'

막연하지만 충분히 가능성이 있는 상상이었다. 그때 상념을 깨트리는 목소리가 곧바로 들려왔다.

"이제는 정말 두려울 게 없겠구나?"

"그리 보입니까?"

되물은 용소진이 요료의 얼굴을 가만히 들여다보았다.

크게 내상을 입었을 것임에도 편안해 보였다. 한편으론 한 번 정도는 더 손을 쓸 내력이 남아 있었다. 마치 눈으로 보는 것처럼 그렇게 훤히 느껴졌다.

그런데 요료는 더 이상 손을 쓸 마음이 없어 보였다.

"천하제일이라고 자만한 적은 없지만, 누군가에게 질 거라고는 단 한 번도 생각해 보지 않았다. 그런 나를 네가 쓰러트렸구나."

"그렇다고 달라지는 건 없습니다."

"달라지는 게 없다?"

"제가 혈세천하라도 하려는 줄 아셨습니까?"

"그건 아니다만, 너로 인해 수많은 이들이 죽었지 않느냐? 앞으로도 그럴 것이고."

"제 부모님과 마을 사람들, 그리고 사부님께서 처참한 죽임을 당하셨는데, 다른 누군가를 걱정하여 복수행을 그만두라는 것입니까? 그게 가당키나 하다고 여기시는 겁니까? 복수는 복수를 낳고 모두가 부질없다고 하지만, 누군가가 소림을 피로 씻는다면, 모른 척 고개를 돌리시렵니까? 도적들이 들끓어 소림의 경서들을, 소림의 물건들을 훔치고자 달려드는데도 가만히 있으렵니까? 소림은 그렇게 합니까?"

"……."

"얼마나 많은 것을 깨우치셨는지는 모르지만, 세상을 다 안다고 생각하지 마십시오. 세상이 소림의 뜻대로 돌아가는 게 옳은 것이라 생각하지 말란 말입니다."

말을 중단한 용소진은 심호흡을 하며 들끓는 가슴을 가라앉혔다.

그리고는 입을 다물고 있는 요료를 바라보며 말을 이었다.

"깨달음이 많으신 분들은 무엇을 보고 어떻게 행동하는지 모르지만, 그것을 저같이 부족한 사람들에게 강요하지 마십시오. 심장이 이렇게 뛰는데 이 심장을 주신 부모님을 어찌 잊을 수가 있단 말입니까."

"……."

용소진을 바라보는 요료의 얼굴이 굳어졌다.

말없이 한동안 시간이 흘렀다.

요료는 용소진이 한 말과 자신의 생각을 비교하며 무언가를 정리하는 것 같았다.

용소진은 그런 요료를 묵묵히 바라봤다.

이윽고 정리를 마쳤는지 요료가 입을 열었다.

"소림의 뜻을 전하마."

"……."

용소진이 말없이 응시하자 요료가 품속에서 꽤나 커다란 철함을 꺼냈다.

시커먼 묵철로 만들어져 있었는데, 특이하게도 곳곳에 붉은색의 기이한 문양이 그려져 있었다.

"네 녀석이 자격이 있다 싶으면 이것을 넘겨 주고, 그렇지 않으면 널 소림으로 데려오라고 하셨다. 그리고 난 널 데려가려고 했다. 결국 내 판단이 잘못된 것이었다만."

말을 마친 요료가 손가락 끝을 터트려 자신의 핏물을 철함 위로 떨어트렸다. 그러자 붉은 핏물을 머금은 문양에서 붉은 빛이 은은하게 뿜어져 나왔다.

그 놀라운 광경에 용소진은 가만히 지켜보았다.

이윽고 붉은빛을 뿜어내던 문양이 마치 생명력을 다한 것처럼 그렇게 한순간에 소멸했다.

　봉인이 풀린 것이다.

　바로 그 순간, 철함에서 너무나도 익숙한 기운이 흘러나왔다.

　"이건?"

　눈을 동그랗게 뜬 용소진이 요료를 돌아봤다.

　요료가 철함을 내밀었다.

　"받아라. 아무래도 네놈 물건인 모양이다."

　일순 어안이 벙벙해진 용소진이 철함을 건네받았다.

　철함에서는 구룡의 기운이 뭉클 풍겨 오고 있었다.

　어서 자신을 꺼내 달라고 조르는 것 같았다.

　용소진이 철함의 뚜껑을 열었다.

　그러자 그 안에서 한 쌍의 각반이 모습을 드러냈다.

　묵룡이 금방이라도 튀어나올 듯 무척 생동감 있게 그려져 있는 각반이었다.

　용소진이 두 눈을 크게 떴다.

　"구룡호천쌍각(九龍護天雙脚)!"

第八章
과거지사

"수년 전 저 녀석에게서 내가 빼앗으려 했던 물건이다. 일이 이렇게 되려고 한 모양인지 중간에 사라져 버렸었는데, 점창에서 발견한 모양이다. 그걸 풍진개 그 친구가 억지로 빼내 왔더구나. 풍진개는 구룡신기를 점창에서 지켜 낼 수 없을 것이라며 폐사에서 감추고 지키길 원하더구나."

　　용소진이 고개를 돌려 홍동곽을 바라봤다.

　　눈이 마주치자 홍동곽이 시선을 떨어트리며 말했다.

　　"내가 가지고 있던 게 맞다. 성수의가에서 널 보았을 때, 네가 주인이라는 것을 알고 잃어버린 그 물건에 대해, 그리고 내 사부님에 대해 언젠가는 너에게 말하려고 했다. 미안하다."

　　무슨 말을 할까?

들어야 할 말은 있는데, 물어야 할 말이 없었다.

용소진은 고개를 돌려 버렸다.

그에 요료가 말을 이었다.

"대충 눈치를 챘겠지만, 구룡천부의 참사에 폐사의 전대 방장과 풍진개가 끼어 있었다. 두 사람 외에도 네 사람이 더 있었다고 하더구나. 폐사의 전대 방장과 풍진개는 나머지 네 사람의 신분을 모른다고 했다. 그리고 그들의 신분을 알기도 전에 크게 다툼이 벌어졌던 모양이다. 모두들 이성을 잃었다고 하는데, 그걸 이해할 수가 없다고 하더군. 결국 그날 엄청난 일이 벌어졌고, 모두들 뿔뿔이 흩어졌다더구나."

요료의 말에 용소진은 떠오르는 것이 있었다.

'광혼향(狂魂香)!

몸에 해롭지는 않으나 쉽게 흥분하게 만드는 향이었다.

고성이 오가는 다툼의 한복판에 광혼향을 퍼트려 놓는다면 금방 칼부림이 일어날 터였다.

문제는 그만한 고수들이 그걸 억제하지 못했느냐는 것이다.

"아, 다툰 이유는 산공독에 중독을 당했기 때문이라고 하더구나. 그 때문에 범인이 누구인지 몰라 서로를 의심하며 크게 다투었다고 했다. 후에 정신을 차려 보니 각기 구룡신기를 한 개씩 가지고 있었다고 하더군."

용소진이 고개를 끄덕였다.

산공독이라면 이해가 되었기 때문이다.

산공독을 억제하느라 광혼향을 알아차리지 못했을 것이고, 알아차렸을 땐 이미 늦었을 것이다.

당시의 상황이 머릿속에서 일목요연하게 그려졌다.

그러다 문득 구룡신기 중의 한 개가 모자란다는 것에 생각이 미쳤다.

요료를 쳐다봤다.

"구룡천부를 나오는 중에 한 명의 여인을 구했다고 하더구나. 그때 수중에 있던 반지를 그 여인과 함께 평소 잘 아는 도관에 맡겼다고 하였다."

"그곳이 어디입니까?"

용소진의 물음에 요료가 고개를 저었다.

"그것만은 알려 주지 않더구나. 너는 어찌할 것이냐? 이것이 내가 아는 전부다."

용소진은 자세를 바로하고 생각에 잠겼다.

모두들 맨 땅에 아무렇게나 앉은 채로 그런 용소진을 지켜봤다.

반면 홍동곽은 마치 죄인인 양 고개를 숙인 채 미동도 않고 있었다.

용소진이 홍동곽에게 말했다.

"형님의 이야길 듣고 싶습니다."

홍동곽이 고개를 들었다.

용소진을 쳐다보는 그의 시선이 흔들리고 있었다.

언제고 말했어야 할 이야기, 이제라도 들려주어야만 했다.

"내 사부님께선 당시 네 명 중의 한 명이셨다. 하지만 산공독을 푼 암중의 인물은 아니라고 하셨다. 일인전승으로만 대를 이어 왔고, 또 무공을 완성하지 못하면 강호행을 할 수 없다는 제약이 있기에 내가 익힌 무공은 강호에 거의 알려지가 않았다. 반대로 그 때문에 구룡천부의 부주와는 막역한 사이가 되었다고 하시었다. 그리고 그날 사부가 겪은 일은 좀 전에 들은 대로다. 사부는 임종 전에 나에게 강호행을 명하셨다. 혹시라도 구룡천부의 후인이 있다면 그 물건을 돌려주고 대신 잘못을 빌어 달라고…… 미안하다."

무릎을 꿇고 눈물을 흘리는 홍동곽의 모습을 용소진은 차마 바라볼 수가 없었다.

고개를 들어 하늘을 쳐다봤다.

청명한 하늘이 펼쳐져 있었다.

저렇게 맑고 깨끗한 하늘 아래에 살면서 어찌 그리 추악한 짓을 하는 이들이 있을까?

무엇이 그들로 하여금 그렇게 살도록 만들었을까?

탐욕, 시기, 질투…….

'어쩌면 나도 복수를 한다는 미명에 사로잡혀 있는 것인지도 모르겠구나.'

무엇을 위한 복수인가?

어쩌면 자기만족을 위한 복수일지도 모른다.

그런가? 아니라고 외치고 싶지만, 복수의 끝을 생각하면 아니라고 말을 못하겠다.

하지만, 하지만 말이다.

그 천인공노할 짓을 벌인 자들을 내버려 두면 또다시 그런 짓을 벌일지 모르는 일이 아닌가?

사부님께선 말씀하셨다.

구룡의 힘이 나를 선택한 거라고…….

그리고 구룡의 힘은 내가 복수의 길을 가길 바라고 있다. 난 그걸 알 수 있다.

어쩌면 거기에 해답이 있는 것일지도 모르겠다.

구룡호천쌍각을 집어 들었다.

눈부신 청광이 번쩍 피어났다. 또 하나의 청룡이 모습을 드러낸 것이다.

이때만큼은 소림의 전설이던 요료마저도 놀랄 수밖에 없었다. 그는 청룡이 단순한 기의 덩어리가 아님을 알아보았던 것이다.

오행으로 대변되는 인세의 기운이 아니었다.

명계(冥界)를 관장하는 마(魔)의 기운도 아니다. 그렇다면 남은 것은 하나, 천상의 기운뿐이었다.

'아미타불! 부처의 행하심이로다.'

그러는 사이 용소진의 몸을 휘돌던 청룡이 존재감을 과시

하려는 듯 굉장한 청광을 다시 한 번 폭출하더니 순식간에 사라졌다.

"난 구룡천부의 부주입니다."

변함없는 사실이다.

사부가 그리 말했으니 그런 것이다.

그럼에도 구룡천부의 일이 크게 다가오지는 않았다. 그렇다고 없었던 일로 치부할 수도 없는 일이었다.

용소진이 홍동곽을 바라보며 말했다.

"당신이 제 의형이시긴 하나 말 한마디로 과거사를 뒤덮을 수는 없는 일입니다. 하여 요구하겠습니다. 본 구룡천부의 식솔이 되어 남은 일생 동안 본부에 헌신하시기 바랍니다."

순간 홍도곽이 용소진을 쳐다보았다.

흔들림 없이 내려다보는 용소진의 시선, 그 속에는 자신을 생각하는 마음이 담겨 있었다.

홍동곽이 공손하게 고개를 숙였다.

"그렇게 하겠습니다. 감사드립니다."

"단, 추후 본 구룡천부가 강호에 정식으로 개파할 때까지 보류하겠습니다."

그에 홍동곽이 고개를 쳐들었다.

그러자 용소진이 씩 웃더니 이내 요료에게로 고개를 돌려 버렸다.

"선사께 묻겠습니다."

"선사는 무슨. 그래, 말해 봐라."

"본 구룡천부에 소림은 빚이 있습니다. 인정하시겠습니까?"

"그, 그렇다고 할 수 있겠구나."

대답은 하지만 떨떠름한 표정을 감출 수는 없는 모양이었다.

그런 요료를 쳐다보며 용소진이 단호한 얼굴로 말했다.

"추후 본 구룡천부가 정식으로 개파하는 날 소림의 방장께서는 필히 참석하시기를 원합니다. 그때 빚을 청산토록 하겠습니다."

요료가 고개를 끄덕였다.

"알겠다. 소림에 그리 전하도록 하마."

그때 홍동곽이 요료를 노려보며 외쳤다.

"그때 그렇게 빼앗아 가지 않았다면, 진즉 소…… 소진이한테 전해 주었을 것 아닙니까."

"이놈아! 내가 아니었으면 네놈은 그때 죽었다."

"그게 무슨……."

"내가 나서지 않았다면 풍진개 그 친구가 널 찾아갔을 것이니라. 풍진개는 자신의 치부를 감추고 싶어 했었다. 점창의 일만 하더라도 잘 알 수 있질 않느냐? 그리고 네놈이 화씨의 가로 스스로 찾아갔더냐?"

"그, 그럼 그냥 말을 하지 그러셨습니까?"

"어린놈이 벌써 노망이라도 난 게냐? 말을 꺼냈더니 미친 놈처럼 날뛴 게 누구라는 걸 그새 까먹은 것이더냐?"

홍동곽은 할 말을 잃었다.

그러나 요료는 여기서 그치고 싶은 생각이 없는 모양이었다.

"이놈, 말이 나왔으니 말인데, 넌 그 빚을 어찌 갚을 생각이냐? 네 생각은 어떠냐? 어떻게 받는 게 좋을 것 같으냔 말이다."

뒷말은 용소진에게 한 말이다.

용소진이 홍동곽을 생각하는 마음을 알았기에 꺼낸 말이다.

빚이라는 게 이리 얽혔으니 소림에 너무 심한 것을 요구하지 말아 달라는 뜻이 담겨 있었던 것이다.

용소진은 다만 웃어 줄 뿐이었다.

소림이나 홍동곽에게 무언가 대가를 치르게 할 생각이 없었던 것이다.

당사자들도 없는 마당이고, 불분명한 과거의 일에 어쩌면 그들도 피해자일 수도 있었기 때문이다.

하지만 개방은 달랐다.

풍진개는 그의 스승을 죽였다.

그 일은 도저히 묵과할 수 없는 일이었다.

자신이 비록 풍진개를 죽였지만, 그것으로 끝이 난 게 아니었다. 풍운객잔에서의 일로 어떻게든 개방과는 끝을 보아야만 했다.

그리고 그 결말은 개방의 선택에 따라 크게 달라질 것이다.

*   *   *

"누나!"

엽대보의 호들갑스런 목소리가 한참 멀리서부터 들려왔다.

무엇 때문에 저러는 것인지 알 수 없지만, 갈의성수께 엄한 꾸중을 받을 것이 분명했다.

이윽고 급박한 발자국 소리와 함께 엽대보가 실내로 난입해 들어왔다.

"누나!"

화영령은 짐짓 화가 난 척 인상을 쓰며 나무랐다.

"이 녀석, 원주께서 이곳은 환자들이 머무는 곳이니 들고 날 때 숨소리조차 크게 내지 말라고 하셨지 않느냐?"

"아씨, 그게 중요한 게 아니라구."

"원주께 또 혼나려고 그러느냐?"

그제야 자라목을 하더니 주위를 슬쩍 살핀다.

그 모습이 어쩌나 귀여웠던지 절로 웃음이 나왔지만, 화영령은 애써 참았다.

"헤헤헤!"

헤실 웃는 모습이 이곳 제세원에 원주가 있지 않음을 눈치챈 모양이다.

"그나저나 네가 여기 온 걸 보니 읽으라는 의서는 다 읽은 모양이구나?"

"그게 중요한 게 아니라니까 자꾸 그러네."

"그럼 뭐가 중요한데?"

"헤헤헤! 소진이 형."

"……!"

순간 화영령이 흠칫했다.

화영령의 그런 모습에 엽대보가 그것 보라는 듯 의기양양한 얼굴로 입을 크게 벌리며 웃었다.

"이히히히!"

화영령이 급히 물었다.

흠칫 놀란 가슴을 진정시키기도 전이었다.

"들은 게 있니?"

"오늘 하루만. 헤헤!"

하루만이라도 지겨운 의서에서 벗어나고 싶어 하는 표정이 간절해 보였다.

"알았어. 그러니까 말해 봐."

순간 엽대보가 얼굴을 환하게 밝히며 말했다.

"소진이 형이 이리로 올 거래. 거지들하고 싸우고 난 뒤에 여기 소문주 형아하고 함께 올 거라고 장씨 아저씨가 그랬어."

"언제쯤인지는 모르고?"

엽대보가 고개를 저었다.

"몰라. 그냥 그 말만 들었는데."

"그래, 그랬구나. 이리로 오는구나."

반가운 소식을 전해 준 엽대보의 머리를 쓰다듬어 주며 혼잣말을 하는 화영령, 그런 화영령을 엽대보가 기분 좋게 웃으며 올려다봤다.

"누나, 빨리 왔으면 좋겠다. 그치?"

"그래, 빨리 왔으면 좋겠다. 빨리 왔으면……."

뒷말을 삼키는 화영령의 눈이 촉촉하게 젖었고, 그 속에 그리운 얼굴 하나가 떠올랐다.

*　　　*　　　*

조구는 잔뜩 성난 아랫도리를 부여잡았다.

"흐흐흐! 이놈아, 보채지 말거라. 잠시 후면 맘껏 맛보게 해 주마."

어둠 속에서 조구의 음탕한 목소리가 낮게 울렸다.

그게 싫은 듯 어둠이 일렁이는 것 같았지만, 조구는 개의치 않았다.

어느덧 채가장(蔡家莊)의 기다란 담벼락이 눈앞에 있었기 때문이다.

"아무도 모르지. 정숙하기로 소문난 채가장의 마님이 이놈이 없으면 하루도 못 산다는 사실을. 크흐흐!"

낮게 중얼거린 조구는 채가장의 담벼락을 따라서 후문으로 향했다.

후문에는 채가장의 미망인을 모시는 시비 소소가 기다리고 있을 터였다.

'소소 고년도 언제고 맛을 봐야 하는데. 쩝!'

머릿속으로 소소의 속살을 상상하는 조구의 걸음이, 가랑이를 쩍 벌리고 걷는 모양새가 갈수록 요상스러웠다.

그러던 어느 순간 조구의 걸음이 우뚝 멈추어졌다.

시커먼 야행복을 걸친 자들이 역시나 시커먼 포대를 어깨에 걸친 채 채가장의 담을 단숨에 넘고 있었기 때문이다.

한데 유독 시커먼 포대자루가 두 눈에 들어왔다.

'헉! 저, 저놈들 설마 마님을?'

놀라움과 두려움이 분노로 바뀌었다. 분노는 이성을 마비시켰다.

두 눈을 부릅뜬 조구가 두 주먹을 불끈 쥐었다.

바로 그때였다.

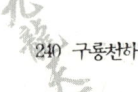

어둠이 일렁이더니 그 속에서 굵은 사내의 손이 불쑥 튀어
나와 조구의 혈들을 짚어 버렸다.

순간 미세한 소음이 일어났다.

시커먼 야행복을 걸친 자들이 이쪽을 돌아봤다.

보이는 건 어둠뿐, 조구의 신형은 보이지 않았다.

이윽고 잘못 들은 것으로 판단한 모양인지 야행복을 걸친
이들이 포대자루를 어깨에 걸친 채 한쪽으로 빠르게 사라져
갔다.

이윽고 고요한 어둠만이 남았다.

그렇게 반각이 지났다.

스―윽!

극히 미세한 소리와 함께 채가장의 담장 아래쪽의 어둠 속
에서 시커먼 야행복을 걸친 자가 신형을 일으켰다. 한 명이
남아서 혹시나 뒤를 쫓는 눈이 있는지 살폈던 것임을 알 수
있었다.

이윽고 그자마저 신형을 날려 사라져 갔다.

다시금 고요가 찾아오자 조구의 모습을 삼켰던 어둠이 일
렁였다. 그리고 그 속에서 조구의 모습이 나타났다.

어둠이라 생각했던 것은 시커먼 위장포였던 것이다.

하지만 다시 나타난 조구의 모습은 좀 전과는 크게 달라져
있었다.

그의 목이 한 바퀴 돌아가 있었던 것이다.

스스슷!

사람의 모습은 보이질 않고 옷자락 스치는 듯한 미세한 소리가 야행복을 입고 있던 무리들이 사라져 간 방향으로 이어졌다.

*　　　　*　　　　*

소슬바람에 그윽한 풍경 소리가 울렸다.

그 소리에 화산의 주봉들을 감싸고 있던 하얀 운무가 슬쩍 몸을 틀자 기화영초가 널려 있을 것 같은 기암 절경이 수줍게 모습을 드러냈다.

그리고 깎아지른 듯 절벽을 이루는 거대한 기암들 사이로 작은 도관이 모습을 보였다.

풍경 소리는 그곳에서 연유한 게 틀림없었다.

소화궁(少華宮).

도고(道姑)들만이 모여 있는 작은 도관이지만, 풍림화산이라는 네 글자를 받치는 두 개의 기둥 중 당당히 한쪽을 차지하고 있는 곳이다.

이른 아침부터 청화진인의 부름을 받고 온 청음진인은 의아하지 않을 수가 없었다.

이 시간이면 청화진인이 명상에 잠겨 있을 시간이기 때문이었다.

지난 십수 년간 단 하루도 거르지 않고 있음을 잘 알고 있었기에 의아스러웠고, 자신을 앞에 두고도 바로 앞에 놓인 작은 철함을 물끄러미 내려다본 채 수심에 차 있었기에 몹시 궁금했다.

이윽고 반각쯤 지나자 무언가 생각을 정리한 듯 고개를 들더니 앞에 놓인 철함을 내밀었다.

철함에는 요료가 용소진에게 건넸던 철함처럼 곳곳에 붉은 색의 기이한 문양이 그려져 있었다.

"이것이 무엇입니까?"

"사매도 요즘 한참 시끄러운 구룡신기에 대해 들어 보았겠지?"

"모를 리가 있겠습니까? 그 일로 연화궁(蓮華宮)이 어수선한 모양입니다."

연화궁은 연화봉에 있는 도관으로 화산을 떠받치는 또 다른 기둥이었다.

청화진인이 고개를 끄덕였다.

"그럴 것이네. 개방에서 사람이 왔을 것이니."

청음진인은 말을 아꼈다.

청화진인의 수심이 개방과 구천신룡의 일 때문임을 알았기 때문이다.

개방에서 사람이 왔으면, 분명 연화궁에서 제자들을 파견할 것이다. 구천신룡의 무위가 소문과 크게 다르지 않다면 어쩌면 장로들 중에서 몇몇이 하산할지도 몰랐다.

십여 년 전 화산이 나부파(羅浮派)와 모산파(茅山派) 두 도 문과 크게 부딪쳤을 때 그들의 법술 때문에 숱한 제자들이 죽어 나갔다.

뒤늦게 소화궁이 나서서 같은 법술로써 상대해 주었기에 그나마 치명적인 피해는 막았지만, 간신히 버티는 정도였다. 법술을 펼치는 도고들의 숫자가 현저하게 적었던 까닭이었다.

그때 죽은 자의 기운을 받아들이는 명공진력(冥空眞力)과 음양화합을 통해 공력을 쌓는 정염공(情炎功) 때문에 나부파를 사악한 무리로 규정 지은 개방이 그 싸움에 끼어들었다.

당시에 일대 기인이던 풍진개와 개방의 수천 걸개들이 싸움에 참여했고, 나부파와 모산파는 패퇴할 수밖에 없었다.

화산이 개방에 제자들을 보낼 수밖에 없는 이유였고, 청화진인으로 하여금 수심에 잠기게 한 연유가 여기에서 기인했다.

청화진인이 무거운 얼굴로 말했다.

"이건 구룡신기 중의 하나라네."

"……?"

순간 청음진인이 화등잔만 해진 눈으로 철함을 내려다봤다.

구룡신기라니?

청화진인은 실없는 농을 입에 담을 사람이 결코 아니다.

그렇다면 분명 구룡신기가 맞을 것이다.

어찌 된 연유로 구룡신기 중의 하나가 이곳에 있는 것인지 궁금하기 짝이 없었다. 그리고 과연 소문대로 구룡신기에 어마어마한 힘이 있는지도 궁금했다.

그때 청화진인의 가라앉은 음성이 들려왔다.

"구천신룡이 자신은 구룡천부의 부주라 선언했었다고 들었네."

"구룡신기는 자신이 회수해야 할 물건이라고 했답니다."

청음진인이 고개를 들며 대답하자 청화진인이 그녀를 똑바로 바라보며 말했다.

"사매가 그를 만나 보고 왔으면 하네."

"그게 무슨 말씀이신지요?"

청음진인의 얼굴에 진한 의문이 떠올랐다.

'설마하니 구천신룡에게 이 물건을 전해 주기라도 하라는 말인가? 그렇다면 개방은?'

"그가 구룡천부의 부주가 맞는다면 그에게 돌려주어야 하네."

"하지만 개방이……."

"소림의 전대 방장이신 원오대사의 염원이 담긴 물건이라 반드시 그리해야만 하네."

청음진인의 의문은 더욱 커져만 갔다.

하지만 원오대사에 대한 청화진인의 자세한 설명이 이어지자 비로소 고개를 끄덕일 수 있었다.

"제가 다녀오겠습니다. 그러니 심려를 놓으세요."

청음진인의 말에 청화진인은 시름을 조금이나마 덜었다.

눈치가 빠른 청음진인이라면 상황을 보아 적절히 대처할 수 있을 것이라는 믿음 때문이었다.

*　　*　　*

단월벽라도(斷月壁羅刀) 황자천, 그의 원래 별호는 벽라검(壁羅劍)이다. 해남 무림을 떨치는 다섯 개의 이름 중 하나가 바로 벽라검이었다.

황자천이 해남도를 떠나온 지 벌써 몇 해가 지났다.

중원에는 알려지지 않았지만, 수년 전 해남도에서는 큰 사건이 벌어졌다. 일백에 달하는 소녀들이 한꺼번에 실종됐고, 세 개의 무가가 동시에 피에 잠겼던 것이다.

해남 무림 전체를 발칵 뒤집어 놓은 대형 사건이었다.

그에 흉수들을 잡고자 세 곳을 제외한 해남의 아홉 개 문파 전체가 일제히 나섰다. 그리고 해남도 전체를 샅샅이 뒤진 끝에 흉수들이 대륙에서 넘어온 자들이라는 것 한 가지만을 알아냈다.

해남 무인들이 들고 일어섰다.

대륙으로 나가자고 목소리를 드높였다.

하지만 대륙 전체를 상대로 싸울 수는 없는 일, 결국 황자천을 비롯한 수십 명의 무인들이 흉수들을 쫓아 중원으로 들어왔다.

황자천이 금천보(金天堡)에 몸담았던 것은 그것의 일환이었다.

무언가 미심쩍은 구석이 많은 금천보였다. 언제고 꼬리를 드러낼 날을 기다리고 있던 차에 당가와의 충돌이 벌어졌고, 용소진의 난입이 있었다.

결국 헛되이 시간만 낭비한 꼴이 되어 버렸던 것이다.

황자천은 끝내 흉수들에 대한 어떠한 단서도 얻지 못했지만, 그의 동료들은 그렇지가 않았다.

지금 황자천의 앞에는 흑의 사내가 앉아 있었다.

양쪽 뺨이 움푹 들어가 광대뼈가 도드라져 보이는, 꽤나 날카로워 보이는 인상의 소유자였다.

그 역시 해남도의 무인이었다.

무음검(無音劍) 음양수라는 사내로 벽라검 황자천과 어깨를 나란히 하는 걸출한 검객이었다.

음양수가 말했다.

"꼬리를 잡았네."

황자천은 음양수의 쇳소리처럼 듣기에 몹시 거북한 목소리도 오랜만에 듣게 되면 반가울 때도 있다는 것을 알았다.

하나 그 내용이 너무나 무거웠기에 반가움을 표할 수가 없었다.

황자천이 물었다.

"어디던가?"

굳게 다문 음양수의 입은 벌어지지 않았다.

대신 왼쪽 손이 움직였다.

느릿하게 움직인 왼손의 검지가 물잔 속으로 들어갔다 나오더니 탁자 위에 두 글자를 적었다.

순간 황자천이 두 눈을 둥그렇게 뜨며 음양수를 쳐다봤다.

생각지도 못했던 곳이기 때문이다.

음양수가 고개를 끄덕였다.

그에 황자천의 눈이 차갑게 가라앉았다.

"연락은 취했는가?"

음양수의 고개가 다시 끄덕였다.

"전쟁이군."

탁자 위의 두 글자를 내려다보는 두 사람에게서 차가운 살기가 피어올랐다.

*　　　　*　　　　*

꿀꺽!

목을 타넘어 가는 술이 이내 뱃속을 화끈하게 만들었다.

"크윽!"

신음인지 모를 소리가 홍동곽의 입을 비집고 흘러나왔다.

변한 것은 없었다.

용소진은 이전처럼 말수가 적었고, 검무양은 더 적었다.

두 늙은이들은 한쪽에서 무슨 할 말이 그리 많은지 아까부터 계속 수군거리고 있다.

하후량은 광풍단 쪽에 가 있었고, 요령은 옆에서 술병을 노려보고 있었다.

마치 생사대적이라도 되는 양 무섭게 노려본다.

그래도 홍동곽의 기분을 눈치 챘는지 막지는 않고 있었다.

"한잔할래?"

홍동곽이 술병을 내밀자 노려보던 요령이 잽싸게 낚아채고는 벌컥 들이켰다.

"꿀꺽! 윽!"

한 모금 넘기기가 무섭게 얼굴을 일그러트린다.

"이런 걸 왜 마셔?"

"뱃속이 화끈해지는 게 좋잖아!"

"화끈한 게 좋아? 그럼 더 좋은 방법이 있는데."

하고는 독각청전서가 들어 있는 목함을 꺼낸다.

그에 홍동곽이 술병을 기울이다 하마터면 쏟을 뻔했다.

간신히 참아 낸 홍동곽이 손사래를 쳤다.

"그것만은 사양하련다."

"왜? 화끈한 게 좋다며?"

"그거하고 이거하고 같냐?"

"그거하고 이거하고 뭐가 다른데?"

"그럼 같다는 거냐?"

"그럼 다르다는 거야?"

"아, 몰라!"

홍동곽이 고개를 홱 돌리고는 술병을 다시 기울였다.

그 순간 요령의 눈빛이 한차례 흔들렸다.

하나 이미 고개를 돌려 버린 홍동곽으로서는 알 도리가 없었다.

꿀꺽! 꿀꺽!

목울대를 움직이며 술이 넘어가는 소리가 요령의 가슴을 두들기고 있다는 것을 홍동곽이 알아채지 못하고 있을 때였다.

덥석!

누군가가 홍동곽의 팔을 갑작스레 움켜잡았다.

홍동곽이 '어?' 하는 얼굴로 쳐다봤다.

용소진이었다.

용소진은 화가 난 얼굴이었다.

"자꾸 그렇게 술만 마실 겁니까?"

"아, 아니, 그냥, 난 조금만."

횡설수설하며 고개를 떨군다.

용소진은 홍동곽의 그 모습이 안타까웠다.

그가 자신에게 용서를 빌 게 무에 있다고, 그가 잘못한 것이 무에 있다고 이러는 건지 모르겠다.

설사 있다고 하더라도 목숨을 구함 받았으니 그것으로 충분했다.

"받아요."

용소진이 무언가를 내밀었다.

홍동곽이 고개를 들고 보니 구룡호천쌍각이다.

"이걸 왜?"

"조만간 개방하고 크게 싸우게 될지도 모르잖아요. 도와주지 않을 겁니까?"

"너 혼자서도 충분히 강하잖아."

홍동곽의 진심이었다.

지난번 소림의 요료와 위험천만한 격전을 치르고 난 후에 무언가 커다란 변화가 있었다.

자세히는 모르지만 무인의 직감이 그렇다고 알려 주었다.

게다가 나중에 알게 된 것이지만 구룡창이 사라지고 없었다.

궁금했지만, 말 한 마디 건네기가 껄끄러워 이제껏 묻지를 못했다.

"혼자서 할 수 있는 일엔 한계가 있는 것 같습니다. 도와주세요."

용소진 또한 진심이었다.

홍동곽은 하루 이틀 지내본 사이가 아니었기에 그걸 느낄 수 있었다.

"혼자서도 충분히 강하지?"

같은 질문을 다시 물었다.

그에 용소진이 슬쩍 웃으며 말했다.

"강하다고 모든 것을 할 수 있는 건 아니지요, 형님!"

마지막 호칭에 다시금 변한 게 없음을 실감한 홍동곽이 자리에서 일어났다.

"그래, 동생이 도움이 필요하다는데 모른 척할 수는 없지."

그리고는 술병을 휙 던졌다.

호선을 그리고 날아간 술병이 커다란 암석에 부딪쳐 산산이 조각나며 술 방울을 사방으로 튕겼다.

이윽고 구룡호천쌍각을 받아 든 홍동곽이 눈여겨 살피며 중얼거리듯 말했다.

"그래도 이건 나한텐 굳이 필요할 것 같지가 않은데."

"형님께서 사용하시라고 드리는 게 아닙니다."

"응?"

홍동곽이 의문 가득한 얼굴로 쳐다봤다.

그러자 용소진이 웃는 얼굴로 요령을 가리켰다.

"형수님께 도움이 될 것 같아서요."

홍동곽이 얼굴을 일그러트렸다. 그리고 뭐라 말을 꺼내려는 순간 그것보다 더 빨리 요령이 냉큼 끼어들었다.

"이거 나 주는 거야? 고마워. 히힛! 너 착하구나!"

순간 용소진의 얼굴 또한 홍동곽과 유사하게 일그러졌다.

第九章
개방은 조용히 좀 하시오

화산파의 옥허(玉虛), 옥수(玉修), 옥청(玉淸), 세 명의 장로들과 이백의 매화검수들이 십만평에서 그리 멀지 않은 곳에 모여 있는 개방을 찾아왔다.

소화궁의 청음진인을 비롯한 열 명의 여도사들도 함께였다.

개방은 그들을 크게 반겼다.

대륙전장과 구천신룡 쪽에 철혈패천문이 합류했다는 사실이 여간 신경 쓰인 게 아니었는데, 그에 준하는 화산이 합류하니 더없이 든든해진 것이다.

개방에 동조하여 합류해 있는 군소문파들의 반가움이야 더 말할 것도 없었다.

"고맙소이다. 화산의 네 진인께서 개방을 위해 이렇게 왕림

해 주실 줄은 진정 몰랐소이다."

"무량수불! 석년의 개방이 보여 준 의혈을 화산은 결코 잊지 않았소이다."

옥허진인의 담담한 말에 용개를 비롯한 개방 수뇌들의 얼굴 위로 뿌듯함이 떠올랐다.

개방이 흘린 의혈에 대한 대가가 일부나마 이렇게 나타난 것이다.

이번 일을 마치고 나면 개방의 의기는 더욱 뻗어 나갈 것이고, 의를 논할 때면 언제나 개방을 먼저 떠올릴 터였다.

개방은 그것이면 족했다.

용소진을 한낱 살귀로만 알고 있는 개방도 대부분의 생각은 그러했다.

현실이 그들의 생각과 거리가 있음을 알지 못한 것이다.

"방주께서는 이번 일을 어찌 처리하실 생각이십니까?"

청음진인의 물음에 용개의 표정이 무거워졌다.

"놈은 구룡신기를 회수해야 한다는 명목으로 강호를 어지럽히고 있습니다. 구룡신기라는 것이 어떤 물건인지는 모르지만, 그것으로 많은 무인들이 몰려들게 만들더니 처참하게 죽였더군요. 거기다 그자를 제압하려 보냈던 본방의 걸개들까지 무참히 살해하는 짓을 저질렀습니다. 그리고 제 스승이시자 본방의 자랑이셨던 분까지, 그분께선 시신조차 남기지 못했습니다."

용개의 울분을 억누르는 음성에 누구 하나 입을 열지 못했다.

"생각 같아서는 대륙전장을 비롯하여 그놈을 동조하는 무리들을 전부 쓸어버렸으면 합니다만, 그리 할 수는 없는 일. 본방은 그놈 한 놈이면 족합니다."

"대륙전장의 늙은이가 미쳐도 단단히 미친 것 같습니다. 어중이떠중이 같은 놈들 조금 키워 놓은 모양인데, 그놈들을 단단히 신임하는지 구천신룡을 내놓을 것 같지 않더이다."

태행검파(太行劍派)의 장문인 노태홍이 고개를 저으며 말하자 광풍개가 자리를 박차고 일어나 두 눈을 부라리며 크게 외쳤다.

"흥! 내놓기 싫으면 말라고 하십시오. 대륙전장까지 쓸어버리면 그만입니다."

"옳소이다. 누구든 구천신룡을 동조하고 본방에 칼을 들이댄다면 절대 용서치 않을 것입니다."

독목개가 동조하여 거들자 분위기가 극도로 가라앉았다.

'큰 싸움을 피하기가 어렵겠구나.'

청음진인은 내심 고개를 저었다.

옳고 그름을 따지기에는 너무 늦어 버린 게 아닌가 하는 생각도 들었다.

청음진인은 이후로 더는 입을 열지 않았다.

구천신룡을 죽여야 한다며 소리를 질러 대는 이들을 가만히 지켜볼 뿐이었다.

한쪽에서는 기환진천 유곽이 청음진인과 마찬가지로 굳게 입을 다물고 있었다. 개방과 무슨 말이 오갔는지 얼굴에 흡족한 표정이 가득했다.

결론 없는 자리였지만, 아니 정해진 결론을 다시 한 번 들춰 보는 자리였지만, 무려 두 시진이나 지나서야 끝이 났다.

모두들 자신들의 천막으로 돌아가자 청음진인은 조용히 용개에게 면담을 요청했다.

그 자리엔 연화궁의 세 장로와 개방의 불취개와 광풍개, 그리고 독목개도 같이했다.

품속의 물건을 어떻게 처리할 것인지 고민하고 고민한 결과 비밀리에 처리하는 것보다는 공개적으로 처리하는 것이 만일의 경우를 대비하여 소화궁이나 화산에 피해를 주지 않을 것 같았기 때문이다.

모두들 궁금하다는 얼굴로 청음진인을 쳐다봤고, 청음진인은 품에서 청화진인에게서 건네받은 철함을 꺼냈다.

"먼저 일러둘 말이 있습니다. 이 물건과 관련하여 화산이나 본 소화궁은 아무런 관련이 없다는 것을 분명히 하고자 합니다. 그리고 이후로도 그러길 바랍니다."

뜬금없는 청음진인의 말에 철함 속의 물건이 심상치 않은 것임을 알아채고는 모두들 의문스런 시선을 주고받았다.

하나 누구 하나 짐작하고 있는 이는 없었다.

당연했다.

이 자리에 구룡신기 중의 하나가 있을 것이라고 그 누가 예상이나 했겠는가.

청음진인이 담담히 말했다.

"이 안엔 구룡신기가 들어 있습니다."

순간 숨소리 하나 들리지 않을 것처럼 조용해졌다.

하나 오래가지는 않았다.

"그것이 정말이오?"

광풍개가 휘둥그레진 눈으로 물어왔다.

"그렇습니다. 구룡신기 중의 한 개가 분명히 이 안에 들어 있습니다."

"따로 하실 말씀이 있으신 모양입니다?"

용개의 물음에 청음진인이 고개를 끄덕이며 그녀가 청화진인으로부터 전해 들은 바를 꺼냈다. 그러나 풍진개에 대한 이야기는 일부러 담지 않았다.

원오대사에 대한 부분도 구룡천부에 돌려주어야 한다는 그의 염원이 담긴 물건이라는 식으로만 이야기했다.

청음진인의 길지 않은 이야기가 끝이 났지만, 모두들 말이 없었다.

청음진인이 자신들에게 구룡신기를 꺼내 보여 준 이유를 능히 짐작했기 때문이다.

화산과 개방은 남이 아니었다. 그런 입장에서 개방과 원수지간인 구천신룡에게 눈앞의 물건을 전해 주어야 했다.

구천신룡에게 큰 힘이 될지도 모르는 물건을 말이다.

꽤나 난처했을 것이다.

고민도 많이 했을 것이다.

차라리 이 사실을 알리는 게 나을 수도 있다는 결론을 내린 모양이었다.

모두들 말을 못하고 철함만을 내려다보는 가운데 용개가 물었다.

"청음진인께서는 이 물건을 어찌하실 생각이십니까?"

"돌려주어야지요."

"진인!"

"그게 무슨……."

"아니 되오이다."

청음진인의 말에 다들 큰 목소리로 외쳤다.

당연했다. 말도 안 되는 일이기 때문이었다.

그러나 용개는 의외로 태연했다.

용개가 담담해진 목소리로 물었다.

"언제냐가 문제이겠군요?"

"외람되지만 소화궁은 이번 싸움에서 빠졌으면 합니다."

"저와 개방은 청음진인의 말씀을 이해합니다. 그렇게 하십시오. 그리고 저와 개방을 이리 믿고 말씀해 주서서 감사드립니다."

물건을 돌려주겠다고 하더니 또 싸움에서 빠지겠단다.

한데 그것을 용개는 아무렇지도 않다는 듯이 받아들였다.

모두들 이해할 수 없다는 얼굴로 두 사람을 번갈아 봤다.

그때 옥허진인이 고개를 끄덕이며 설명하듯 말했다.

"원오대사의 염원이니 물건은 반드시 돌려주어야 하지만, 개방과의 의리를 생각해서는 그럴 수 없는 일이고, 결국 이번 싸움이 끝나고 나면 돌려주겠다는 말씀이시군요. 또 그런 상황에서 이쪽 편을 들어 싸움을 하기도 난감하니 차라리 싸움에서 빠진 다음 끝날 때까지 기다리겠다는 말씀이신가 보오. 물론 싸움이 끝난 후에 물건을 돌려줄 대상이 남아 있고 말고는 운명일 테지요."

청음진인이 얼굴을 슬쩍 붉혔다.

난감한 상황을 벗어나고자 한 잔꾀였기 때문이다.

옥허진인의 말에 청음진인의 생각을 이해한 이들은 나직이 헛기침을 터트릴 뿐 별다른 말을 하지 않았다.

청음진인의 처지가 이해되었기 때문이다.

또 용개의 말처럼 믿고 사실을 밝혀 준 것에 고개가 끄덕여지기도 했다.

"구천신룡이 죽는다면 어찌하실 요량이십니까?"

불취개의 물음에 사람들의 시선이 청음진인에게로 쏠렸다.

청음진인은 내심 안도의 한숨을 내쉬며 미리 준비된 대답을 꺼냈다.

"그때는 소림으로 찾아갈 생각입니다."

총총하게 빛나는 별들이 가득한 밤이다.

청음진인은 소화궁에서 데려온 여도사들과 함께 길을 나섰다.

싸움에 참여하지 않기로 한 상황에 개방에 폐를 끼칠 수는 없었기 때문이다. 하여 가까운 개봉(開封)에서 기다렸다가 싸움의 결과에 따라 움직일 생각이었다.

구천신룡이 아무리 강하다고는 하나 싸움의 결과는 자신의 예측을 크게 벗어나지 않을 터였다.

소림으로 향해야 될 가능성이 컸다.

그런 생각을 하며 묵묵히 발걸음을 움직이고 있었다.

"……!'

문득 살갗이 서늘해지는 괴이한 느낌이 들었다.

청음진인은 자신도 모르게 걸음을 우뚝 멈추었다.

그때였다.

"늙은 계집이 눈치가 빠르구나."

가슴을 서늘하게 만드는 차가운 음성에 청음진인은 자신도 모르게 뒷걸음쳤다.

그러면서도 품속에서 재빨리 부적을 꺼내 들며 만반의 태세를 갖추었다.

여도사들은 불진을 꺼내 들었다. 그녀들은 아직 부적술을 익히지 못했던 것이다.

그때 시커먼 복면을 뒤집어쓴 괴한이 수풀 속에서 모습을 드러냈다.

"웬 놈이냐?"

청음진인이 데려온 여도사들 중에 평소 담대하기로 소문난 영고가 날카롭게 소리치며 물었다.

"계집, 주둥아리를 찢어 주마!"

그리고는 복면인이 덮쳐 왔다.

부적이 허공으로 날아갔다.

청음진인의 엄숙한 음성이 그 부적을 따랐다.

"박(縛)—!"

순간 '펑!' 하는 소리와 함께 부적이 터져 나가며 누런 금줄이 나타나더니 복면인을 옭아매 갔다.

"흥! 이따위 재주로 날 붙잡을 수 있을 것 같더냐?"

복면인은 콧방귀를 뀌더니 금줄을 냉큼 붙잡아 단번에 끊어 버렸다.

순간 청음진인은 가슴이 철렁했다.

피하는 게 아니라 단숨에 끊어 버리는 복면인이 자신으로서는 상대할 수 없는 고수였기 때문이다.

"모두들 도망쳐라."

청음진인의 외침이 있었지만, 여도사들 중에 도망치는 이는 단 한 사람도 존재하지 않았다.

"쓰러져라."

바로 그때 영고가 소리를 지르며 불진을 휘둘러 갔다.

복면인이 팔을 내밀자 불진이 복면인의 팔을 휘감았다.

영고의 입가에 득의의 미소가 그려졌다. 하나 찰나의 순간 당황으로 바뀌었다.

복면인이 불진을 움켜잡더니 강하게 끌어당겼기 때문이다.

영고가 힘없이 딸려 간 순간 사방에서 여도사들이 불진을 휘두르며 달려들었다.

수 개의 불진이 사방에서 달려들었지만 복면인은 귀신같은 움직임으로 피해 가며 영고의 목줄을 움켜쥐었다.

"계집 주둥아리를 찢어 놓겠다고 했지? 약속을 지켜 주마!"

그러더니 두 눈을 부릅뜬 영고의 입속으로 두 손가락을 집어넣더니 그 손가락들의 힘만으로 영고를 던져 버렸다.

"아악!"

뾰족한 비명과 함께 허공을 날아간 영고에게서 핏물이 튀었다.

"이 악적!"

분노에 치를 떤 여도사들이 소리를 지르며 달려들었다.

하지만 그 누구도 복면인의 옷깃 하나 쳐 내지 못했다. 오히려 절반에 가까운 여도사들이 피를 뿜어야만 했다.

처절한 비명이 이어졌다.

그때마다 복면인의 소름 끼치는 괴소가 들려왔다.

"크흐흐! 정말 간만이로구나."

그때 청음진인의 부적이 날아들었다.

그 부적을 향해 청음진인이 팔을 휘두르자 손가락 끝이 터져 나가며 수 개의 핏방울들이 부적 위로 달라붙었다.

순간 청음진인이 외쳤다.

"염(炎)─!"

부적이 불타오르며 푸른 불길이 순식간에 치솟더니 복면인을 덮쳐 갔다.

순간 복면인이 양손을 내밀었다.

짜자자작!

복면인의 손바닥을 통해 지독한 냉기가 뿜어져 나왔다.

냉기는 금세 대기를 얼려 놓았고, 얼어붙은 대기가 넓게 퍼져 가며 기음을 터트렸다.

그러더니 청음진인의 법술이 일으킨 불길을 단숨에 집어삼켜 버렸다.

가공스런 음한공력이었다.

청음진인의 얼굴 위로 절망의 그림자가 내려앉았다.

상대는 음한한 공력을 절정으로 쌓은 고수였다. 법술만으로는 상대할 수가 없었다.

무공과 법술을 접목시킨 모산파나 나부파의 법술이라면 모를까 도력으로만 펼치는 소화궁의 법술로는 사악한 기운이나 귀령들에게나 강력했지 눈앞의 복면인 같은 절정고수들에겐 통하지가 않았던 것이다.

"품속의 물건을 내놓아라!"

복면인이 크게 외치자 청음진인이 본능적으로 품속의 철함을 매만졌다.

그때 손가락 끝의 핏물이 철함에 묻었다.

그에 철함의 붉은 문양들이 은은한 빛을 발하며 봉인이 풀렸으나 그것을 알아본 이는 없었다.

남은 여도사들이 불진을 휘두르며 달려든 탓에 복면인의 고개가 잠깐 돌려졌기 때문이다.

이윽고 남은 여도사들도 처절한 비명만을 남겼고, 청음진인은 마지막 법술을 사용했다.

복면인이 덮쳐 오자 스스로의 몸을 불태우며 복면인에게 달려든 것이다.

하지만 그런 청음진인의 마지막 처절한 발악도 복면인을 어찌지는 못했다. 복면인이 술에 취한 사람처럼 비틀거린다 싶은 순간 순식간에 벗어나 버렸기 때문이다.

그리고 멀찍이 떨어져 있는 복면인의 손엔 청음진인의 품속에 있어야 할 철함이 들려 있었다.

"늙은 생강이 맵다더니 지독한 계집일세."

복면인이 펼친 신법에 의혹이 가득한 시선만을 남긴 채 풀썩 쓰러지는 청음진인.

화르륵!

불길이 순식간에 치솟더니 그녀의 몸은 순식간에 한 줌 재로 화해 버렸다.

복면인은 그 광경을 끝까지 지켜보다 유유히 사라져 갔다.

＊　　　＊　　　＊

십만평(十萬坪).

하남성 개봉(開封) 남쪽의 광활한 대지.

언제부터 그리 불렸는지는 아무도 모른다. 또 실제로 십만 평인지도 알려진 바가 없었다. 하나 한 가지 확실한 것은 몇 만의 무인들이 혈전을 벌이기에 충분하다는 것이다.

그 드넓은 대지의 한쪽에 육천에 달하는 무인들이 늘어서 있었다.

의혈개방.

핏물로 쓴 듯 붉은색의 네 글자가 펄럭이는 깃발 아래 개방의 방주 용개를 비롯한 사천 명의 걸개들과 개방에 동조하는 이천 명의 무인들이 살을 에는 듯한 날카로운 기운을 뿜어내고 있었다.

그리고 그들의 기운이 향하고 있는 반대편에서는 대륙전장과 구룡천부라는 붉은색과 푸른색의 글자들이 펄럭이는 커다란 깃발을 앞세운 팔천에 가까운 무인들이 기세등등하게 다가오고 있었다.

용소진과 그의 일행들은 선두에서 굳은 표정으로 움직이고 있었다.

막상 적들과 대면하고 보니 너무나 대규모의 싸움인지라 긴장하지 않을 수가 없었던 것이다.

용소진 일행은 전날 합류했다.

공손우덕은 자칫 짐이 될까 저어되어 합류하지 않았다고 했다. 하지만 모여든 숫자만 보아도 그가 얼마나 많은 노력을 기울였는지 잘 알 수 있었다.

공손우덕의 명을 받은 삼만에 달하는 대류전장의 사람들은 인맥을 이용하여 수많은 무가들을 찾아갔다. 때로는 금전적인 대가를 이용했고, 때로는 개방의 안하무인을 성토했다.

그렇게 하여 모여든 숫자가 이천오백에 달했다.

공손우덕이 직접 인편을 보내 끌어들인 숫자가 삼천오백 정도였고, 스스로 찾아온 이들이 천오백에 달했다.

거기에 대류전장의 대류정영대와 황보가의 정예마저 합류하니 물경 팔천이라는 숫자가 되었다.

놀랄 만한 숫자였다.

육천 정도로 생각하던 만정홍과 공손우덕의 예상을 훨씬 웃도는 숫자였다.

천오백이라는 숫자가 스스로 찾아와 줄 것이라고는 상상도 못했던 것이다.

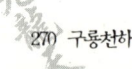

호재는 거기에서 그치지 않았다.

개방과 대륙전장의 싸움, 그리고 구천신룡과 구룡신기를 구경하기 위해 몰려든 삼천을 넘어가는 구경꾼들이 있었다.

거의 대부분이 무인이었고, 그들 중엔 탐욕에 젖어 용소진 일행을 덮쳤다가 크게 혼쭐이 난 이들도 있었다.

하지만 그것과는 별개로 삼천이라는 시선이 있기에 개방으로서는 함부로 억지를 부릴 수 없는 입장이 되었다.

수천에 달하는 사람들의 시선 속에서 푸른 머리를 흩날리며 묵묵히 걷고 있는 용소진.

그의 시선은 줄곧 한쪽만을 향하고 있었다.

한참 전부터 느껴지는 무척이나 익숙한 기운 때문이었다.

하지만 이전처럼 무턱대고 움직이지 않았다.

자신이 움직이면 순식간에 큰 싸움으로 번져 버린다는 것을 이미 겪어 보았기 때문이다.

대신 그자의 얼굴만은 확실하게 기억해 두었다.

절대 놓치지 않기 위해서였다.

그자와의 거리, 주변에 포진해 있는 이들의 수준까지 세밀히 관찰한 다음 기억해 두었다.

요료와의 격전 이전이라면 모를까, 지금으로선 놓칠 이유가 전혀 없었다.

궁금증을 뒤로하고 여유 있게 둘러보았다.

정말 많은 사람들이 모여 있었다.

그게 아군이든 적이든, 혹은 구경꾼에 불과하든, 많아도 너무 많았다. 보통 사람들이 일평생 동안 만나게 되는 숫자보다 더 많을 것 같았다.

담담히 둘러본 용소진은 역시나 자신이 생각해 둔 방법으로 해결해야겠다고 마음먹었다. 이곳에 모여 있는 숫자의 칠할 이상이 아무런 관련이 없었기 때문이다.

그들마저 휩쓸려 피를 흘린다는 것은 무의미한 일이었고, 있어서는 안 되는 일이었다. 자신에게는 그것을 막아야 할 일말의 책임이 있다고 생각했다.

어려운 일이 아니었다.

자신에게는 책임을 질 마음이 있었고, 그것을 감당할 능력이 있었다. 그것을 저들이 모를 뿐이지.

이윽고 기세를 올리며 움직이던 용소진과 팔천에 달하는 무인들이 적당한 거리를 두고 걸음을 멈추었다.

순간 숨 막히는 긴장감이 개방 진영을 휩쓸었다.

팔천이라는 숫자는 그들의 예상을 훨씬 웃도는 엄청난 숫자였던 것이다. 설마하니 개방을 상대로 저만한 숫자가 모일 것이라고는 상상도 못했을 것이다.

물론 그만한 숫자가 모였다는 것을 며칠 전부터 알고 있었다. 그때는 숫자에 불과했고, 어중이떠중이일 테니 개방이나 화산의 제자들에 비할 바는 아니라고 여겼었다.

하지만 팔천이라는 숫자가 구천신룡과 함께하니 굉장한 압박감을 느끼게 했다. 아연 긴장하지 않을 수가 없었던 것이다.

걸음을 멈춘 용소진은 무심한 듯 보이는 얼굴로 개방의 수뇌들을 찾았다. 어렵지 않았다. 저들 중에 유독 강해 보이는 이들이 몰려 있는 곳일 테니까.

꽤나 강해 보이는 세 도사들과 몇몇의 거지들.

그들의 중앙에 자신을 살기 어린 시선으로 노려보는 중년의 거지가 있었다.

'개방의 방주겠군.'

용소진은 용개를 정면으로 응시했다.

살심으로 불타오르는 용개의 눈빛과 무심하게 느껴지는 무덤덤한 용소진의 눈빛.

수십 장 간격을 뛰어넘어 두 사람의 시선이 마주쳤다.

팽팽한 긴장감 속에 죽은 듯 드리워진 적막감, 그 속에서 용개의 시선이 활활 타오르고 있는 것 같았다.

용소진은 용개의 심정을 알 것 같았다.

자신 또한 사부를 해친 풍진개와 대면해 보았었기 때문이다.

그때의 그 분노란 이루 말할 수 없이 컸다.

보이는 모든 것을 파괴하고 불살라 버린 다음 종내에는 자신마저 삼켜 버릴 듯 지독했다.

용소진은 일찌감치 사념을 떨쳐 냈다.

용개의 심정이야 십분 이해하지만, 풍진개는 죽어 마땅했고, 자신은 그의 죄를 물을 자격이 있었다. 하니 풍진개를 죽인 이유가 자신을 옭아맬 수는 없었다.

그때 앞으로 나서는 이가 있었다.

홍동곽이었다.

전날 용소진은 홍동곽에게 나서 줄 것을 부탁했다.

자신의 입장에 대해 누구보다 잘 아는 홍동곽이기 때문이었고, 그로 하여금 미안해 하는 감정을 조금이라도 털어 버릴 수 있도록 해 주고 싶었기 때문이다.

앞으로 나선 홍동곽이 우렁찬 목소리로 외쳤다.

"일 년 전 나의 의제인 구천신룡은 사부님을 잃었다. 당시 의제의 분노는 하늘에 닿았으나 흉수는 오리무중(五里霧中)이었다."

홍동곽의 말에 모두들 귀를 곤두세웠다.

구천신룡 용소진에 대한 이야기였기 때문이다.

구룡신기들의 주인임을 자처했고, 청룡을 부리는 불가사의한 초고수. 개방의 전대 방주인 풍진개마저 쓰러트렸다고 했다.

경악할 만한 일이었다.

그런 구천신룡에 대해 이야기하고 있었기에 누구 하나 입을 열지 않고 이목을 집중했다.

"이미 알려진 바와 같이 의제에게는 구룡신기들을 회수해야 하는 막중한 사명이 있었다. 하여 우리는 겸사겸사 강호행을 하게 되었다. 녹림에서 구룡호천신갑을 회수했고, 개방의 전대방주였던 풍진개에게서 구룡용린수를 회수했다. 한데 그 과정에서 놀라운 사실을 알게 되었다. 풍진개가 의제의 사부를 해친 흉수였다는 사실이다."

홍동곽이 무슨 말을 하려는 것인지 잠자코 듣고만 있던 개방이 술렁였다.

대의와 명분이 자신들에게 있다 여기고 있었는데, 풍진개가 구천신룡의 사부를 해쳤고, 그 이유가 온당치 않은 것이라면 대의와 명분을 잃게 되는 일이기 때문이다.

술렁임은 잠깐에 불과했다.

그들의 우상인 풍진개가 아무런 이유 없이 누군가를 해쳤을 리가 없기 때문이다.

그에 일갈이 터져 나왔다.

"이놈! 얼토당토않은 소리를 함부로 지껄이지 마라. 설혹 돌아가신 태상방주께서 저 간악한 놈의 사부를 해쳤다면 거기엔 그만한 이유가 있었을 것이다. 의혈개방이다. 의혈개방의 태상방주이신 분을 믿지 못한다면 천하에 그 누구를 믿는단 말이냐?"

"옳소."

"암, 개방이 아니면 누구를 믿는단 말이오."

"의혈개방!"

"의혈개방!"

소란스러워지더니 급기야 개방에 동조하는 이들이 이구동성으로 '의혈개방!'을 외쳤다.

구경꾼들 사이에서도 고개를 끄덕이던 자들이 대부분이었다.

그에 당황한 건 홍동곽이었다.

개방이야 아니라고 할 것이 분명했지만, 관계없는 이들까지 고개를 끄덕일 줄은 몰랐던 것이다.

홍동곽이 용소진을 돌아봤다.

구룡천부의 일까지 들먹여야 하는지 고민이 되었던 것이다.

또 그 이야기를 꺼낸다 하더라도 얼마나 믿음을 심어 줄 수 있을지 의문이었다.

개방 이상으로 존중받는 소림의 요료가 있다면 상황을 단번에 뒤집을 수 있겠지만, 요료는 이미 소림으로 돌아간 후였다.

그에 용소진이 앞으로 나섰다.

용소진이 나서자 찬물을 끼얹은 듯 순식간에 가라앉았다.

"명성이라는 것은 명성일 뿐이더군. 또 때로는 잘못된 명성이 있을 수도 있는 법이고."

"놈! 그 무슨 해괴한 말이냐. 고인을 모독하지 마라!"

용소진의 말에 용개가 폭갈을 터트렸다.

그에 좌중의 분위기가 용소진에게 좋지 않은 방향으로 흘러갔다.

그러거나 말거나 용소진은 싸늘하게 외칠 뿐이었다.

"당신들에겐 존경받았을지 모르지만, 나에겐 죽여야만 할 흉악한 악인 그 이상도 이하도 아니었다."

"이놈! 말을 삼가라."

"저, 저런 망발을."

"어찌하여 저런 놈에게 강한 힘을 주셨을꼬."

화산에서 온 진인들의 입에서도 용소진을 지탄하는 말이 흘러나왔다.

하나 그 누구도 함부로 움직이지는 않았다.

용소진이 풍진개를 쓰러트렸다는 사실이 그들의 뇌리에 강하게 남아 있었기 때문이다.

그때 용소진이 큰소리로 외쳤다.

"와 계신 걸 알고 있습니다. 나서 주십시오."

난데없는 용소진의 말에 모두들 주위를 둘러볼 때였다.

구경꾼들 사이에서 수십에 가까운 무인들이 앞으로 나섰다.

순간 사람들이 술렁였다.

"점창이다."

"사일점창이 분명하다."

점창의 무인들이 맞았다.

먼 길을 재촉하여 왔는지 온통 먼지투성이였다.

그렇다고 그들의 면면을 못 알아볼 용소진이 아니었다.

단혈검(斷血劍) 여조흠과 창무전(蒼武殿) 전주 공야중광, 그리고 머리털 하나 없는 노인, 점창의 삼장로 도상천이 정예들을 이끌고 나타난 것이다.

"네놈은 가는 곳마다 사단을 일으키고 다니는구나."

"탐욕이 없다면 제가 있다 하여 무슨 일이 일어나겠습니까?"

용소진을 향해 도상천이 못마땅하다는 듯한 얼굴로 쏘아붙이자 용소진이 담담하나 정중한 모습으로 대답했다.

"흠!"

도상천은 정중한 모습을 보이는 용소진을 잠깐 쏘아보다 이내 고개를 돌려 버렸다.

죽여도 시원찮을 것이지만, 점창과 용소진 사이의 일은 이미 결말을 보았기에 더 이상 뭐라 할 수가 없었던 것이다. 물론 낙일검문, 즉 유백당과 용소진 사이엔 풀어야 할 매듭이 남아 있었다.

그것은 두 사람만의 일로, 점창이 나서지 않기로 되어 있었다.

도상천에게서 고개를 돌린 용소진은 공야중광과 여조흠에게도 정중히 인사를 했다.

두 사람 역시 별다른 말은 없었지만, 용소진의 인사를 정중히 받았다.

개방의 수뇌들은 갑자기 점창의 무인들이 나타나자 심상치 않게 흘러간다는 것을 알았지만, 그저 지켜보고 있을 수밖에 없었다.

그때 용소진이 뒤쪽의 하후량을 손짓해 불렀다.

영문을 알지 못한 하후량이 엉겁결에 다가오자 그의 양손을 내밀게 한 다음 여조흠에게 말했다.

"살펴보시지요."

용소진의 말에 여조흠이 하후량의 손을 살폈다.

정확하게는 구룡용린수였다.

여조흠의 눈이 부릅떠졌다.

"맞네."

용소진을 향해 짤막하게 말한 여조흠이 도상천을 돌아보고는 허리를 숙이며 말했다.

"확실합니다. 당시 사제들을 죽이고 제 가슴에 일장을 안긴 흉수가 끼고 있던 물건입니다."

그리고는 가슴을 펼쳤다.

오른쪽 가슴에 찍혀 있는 선명한 장인, 분명 구룡용린수의 묵룡과 그 크기와 모양이 똑같았다.

순간 도상천이 붉으락푸르락 분노한 얼굴빛으로 개방을 돌아보며 분통을 터트렸다.

"의혈? 웃기고 있네. 잘 죽었다, 잘 죽었어."

도상천의 이런 언행은 개방으로 하여금 분노에 휩싸이게 만들기에 충분했다.

점창이 비록 사일점창이라는 이름으로 운남성에서는 제법 위세를 떨치고 있지만, 개방에 비할 바는 아니었다. 설사 그렇지 않다 하더라도 태상방주였던 고인을 모독하는 발언을 듣고 가만히 있을 개방도는 아무도 없었다.

"저, 저런 쳐 죽일 늙은이."

"주둥아리를 찢어서 똥통에 처박아 버리기 전에 무릎을 꿇어라."

"늙은이, 찢어진 입이라고 함부로 망발을 담지 마라."

"사죄하라."

혈기왕성한 젊은 걸개들뿐만 아니라 팔결인 장로들마저 길길이 날뛰었다. 수천이라는 엄청난 숫자가 대치하는 형국이라 뛰쳐나오는 것만큼은 간신히 참고 있는 것 같았다.

"누구냐? 내가 틀린 말 한 것도 아니고 어떤 거지새끼가 지랄이냐? 이리 썩 나서거라!"

도상천의 화급한 성격이 불을 뿜었다.

그때 개방 쪽에서 한 사람이 나서며 폭갈을 터트렸다.

"나왔다. 어쩔 테냐? 늙은이, 주둥이 조심해라. 그러다 골 깨지는 수가 있다."

독목개였다.

독목개가 외눈을 번들거리며 타구봉으로 도상천을 가리켰

다.

"오냐. 너냐? 세상 보기 싫은 모양인데, 하나 남은 눈마저 뽑아 주마."

도상천 역시 호통을 지르며 맞섰다.

그렇게 두 사람이 대치하며 긴장감이 고조될 때 도상천을 만류하는 이가 있었다.

창무전의 전주 공야중광이었다.

"제가 나설 수 있도록 허락해 주십시오."

공야중광의 정중한 청에 도상천은 입가를 씰룩였지만, 물러설 수밖에 없었다.

어떠한 경우에라도 입은 공야중광을 통하라는 장문인의 엄명이 있었기 때문이다.

"믿겠다."

도상천은 그 한 마디만을 남기고 물러섰다.

그 모습에 독목개가 기회라는 듯 크게 소릴 질렀다.

"늙은이! 두려우니까 도망가는 거냐? 그렇다고 끝난 줄 알면 오산이다."

그때 독목개의 일갈을 삼켜 버리는 쩌렁한 음성이 있었다.

"개방은 입을 다무시오!"

공야중광이었다.

공야중광이 허리를 곧추세우고는 크게 호통을 내질렀던 것이다.

마치 못된 제자를 질책하는 듯한 공야중광의 모습이 독목개를 비롯한 개방을 일순 주춤하게 만들었다.

검은 수염을 가지런하게 길러 외양이 엄숙하고 무게 있게 느껴지는 공야중광이었기에 가능한 일이었고, 수많은 제자들을 가르치고 다스려 본 자만이 가질 수 있는 위엄이었다.

공야중광의 위엄에 순간 주춤한 개방의 걸개들이 자신들의 그런 모습을 감추려는 듯 더욱 날뛰었고, 그 순간 공야중광이 수천의 구경꾼들을 향해 장읍을 취하며 정중히 외쳤다.

"점창이 강호제현(江湖諸賢)들께 밝힐 사실이 있소."

공야중광과 점창을 향한 욕설이 난무하는 가운데 공야중광의 음성이 또렷이 들렸다.

순간 구경꾼들 중에서 누군가가 크게 소리쳤다.

"개방은 조용히 좀 하시오."

"무슨 이야기인지 일단 들어나 봅시다."

"옳소. 개방에 풍진개 어르신이 계셨다면, 점창엔 고선 어르신이 계시오. 점창이 저리 나올 땐 그만한 이유가 있을 것이 아니오? 그러니 무슨 말을 하는지 들어 봅시다."

개방은 일순간 공황상태에 빠진 듯 보였고, 공야중광은 옅은 미소를 지으며 다시 한 번 포권을 취했다.

"감사드리오."

공야중광은 먼저 용소진과 점창이 호의적인 사이가 아님을

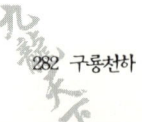

밝혔다.

이해시키는 것도 어렵지 않았다.

구경꾼들 중에는 운남에서 몰려온 이들이 있었고, 그들이 용소진과 낙일검문 간의 일을 들먹이며 한 배를 탈 수 없는 사이임을 증명해 준 것이다.

공야중광이 그런 사실을 먼저 들먹인 이유는 이어질 이야기가 용소진의 손을 들어주기 위함이 아니라는 인식을 심어주기 위해서였다.

자신의 의도대로 사람들의 인식이 점창과 용소진이 결코 호의적인 사이가 아니라는 것을 인식하자 공야중광이 외쳤다.

"몇 해 전에 본파의 유풍검(遊風劍) 정 사형께서 단단하기만 할뿐 특별한 효용 가치가 없는 것 같은 각반을 우연찮게 구해 오셨소. 본파에선 그걸 묵룡각이라 명명했었지요."

"구룡신기!"

구경꾼들 중 누군가가 불현듯 외치자 사람들이 수군거렸다.

그에 공야중광이 고개를 끄덕이며 말을 이었다.

"그렇소. 구룡신기 중의 하나가 분명하오."

"그래서, 그걸 어찌하셨소?"

"지금도 점창이 가지고 있는 것이오?"

"어디 구경 좀 합시다."

소란이 커지자 공야중광이 손을 들어 제지했다.

이윽고 소란이 가라앉자 공야중광이 말을 계속했다.

"대략 일 년 전에 누군가가 본파로 침입한 일이 벌어졌답니다. 그자는 대담하게도 본파의 경내로 침입하여 정 사형을 쓰러트리고, 묵룡각을 훔쳐 가 버렸소."

"혹시 점창에 있지 않다고 속이시려는 것이 아니오?"

누군가가 크게 외치자 사람들의 시선에 그런 것이냐는 의문이 떠올랐다.

그에 또 다른 누군가가 소리쳤다.

"어찌 그리 생각이 짧으시오."

"뭐요?"

"그럴 생각이셨다면 애초에 그 말을 꺼내지도 않았을 것이 아니오."

"끙! 그도 그렇구려."

그제야 사람들의 시선에서 의심이 사라지며 겸연쩍어 하는 기색이 떠올랐다.

그에 실소를 지은 공야중광이 용소진을 돌아보며 말했다.

"한 가지 밝혀 주어야 할 것이 있소."

말투는 공대였지만, 음성은 한기가 풀풀 넘쳤다.

공야중광은 용소진과 점창 간의 일이 용소진만의 잘못이 아님을 알기에 용소진을 증오하지는 않았다. 그렇다고 친근하게 대할 수도 없거니와 자리가 자리인 만큼 일부러도 더욱 싸늘하게 굴어야만 했다.

그걸 아는지 모르는지 용소진은 담담해 보였다.

"말씀하십시오."

"저기 저 어린 소저가 착용하고 있는 묵룡각은 어디서 났소?"

순간 수천 쌍의 눈이 일제히 요령에게로 향했다.

그에 요령이 순간 움찔했지만, 이내 눈을 부라리며 그들을 외려 쏘아봤다.

그 모습에 걱정하는 시선을 주던 용소진이 공야중광을 돌아보며 말했다.

모두가 들을 수 있도록 큰 목소리였다.

"구룡신기 중의 하나가 맞습니다. 구룡호천쌍각이라 부릅니다."

순간 사람들이 크게 술렁였다.

그러다 담대한 누군가가 크게 외쳤다.

"구룡호천쌍각엔 어떤 힘이 있소?"

술렁이던 사람들이 입을 닫고는 용소진을 쳐다봤다.

그에 용소진이 큰 목소리로 말했다.

"구룡신기들은 본 구룡천부의 물건이며, 난 구룡천부의 부주요. 구룡천부의 부주는 구룡신기에 깃들어 있는 구룡의 기운을 끌어낼 수 있소. 이게 바로 그것이오."

순간 용소진의 주위로 눈부신 청광이 피어올랐다.

그에 사람들이 일제히 눈을 감았다 뜬 순간 다섯 마리의 청룡들이 용소진의 주위를 유영하고 있었다.

"아, 저럴 수가! 진짜 청룡이구나."

"오오!"

"맙소사!"

사람들의 입에서 탄성이 연이어 튀어나왔다.

하나 개방의 인물들은 그럴 수가 없었다.

청룡들에게서 느껴지는 엄청난 기운에 눈앞이 캄캄해질 정
도로 암담함을 느낀 것이다.

이윽고 용소진이 구룡의 기운을 거둬들였다.

그러자 사람들이 아쉬운 듯한 얼굴을 했다. 어떤 이들은 탐
욕에 젖은 얼굴을 하기도 했다.

그런 시선들을 바라보며 용소진은 담담히 말했다.

"구룡의 기운이 사라져 버린 구룡호천쌍각은 그저 조금 단
단할 뿐이오."

말을 멈춘 용소진이 공야중광을 돌아봤다. 그 또한 감탄과
놀람이 가득한 얼굴이었다.

이윽고 공야중광이 빠르게 신색을 회복하자 용소진이 말했
다.

"구룡호천쌍각은 소림의 신승께 전해 받았습니다. 그리고
그분께서 말씀하시기를 저 물건은 풍진개가 점창에서 가져온
것이라 하셨습니다."

용개는 돌아가는 상황이 좋지 않음을 느꼈다.

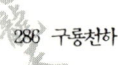

차라리 크게 싸움이 벌어졌다면 피해가 크긴 하겠지만, 깨끗하게 구천신룡을 처리할 수 있었을 터인데 하는 일말의 후회가 밀려들었다.

때마침 구천신룡의 말에서 틈이 생겼다.

용개는 그것을 놓치지 않았다. 광풍개가 버럭 소리를 지르며 나선 순간 건곤취개에게 전음을 보냈던 것이다.

"이놈! 어디서 그런 거짓을 입에 담느냐?"

광풍개의 호통이 끝난 순간 건곤취개가 나섰다.

"거짓이오. 태상방주께서 무엇이 아쉬워서 점창을 침입하면서까지 저 물건을 탐낸단 말이오? 그리고 그렇게 빼낸 물건을 소림에 넘기다니, 말이 되질 않소이다."

건곤취개가 구경꾼들을 향해 목소리를 한껏 높였다. 그리고 건곤취개의 말은 일면 타당성이 있어 보였다.

그에 사람들이 고개를 끄덕이며 건곤취개에게서 용소진에게로 시선을 옮겼다.

그때 공야중광이 일갈을 터트리며 나섰다.

"개방은 풍진개가 수투를 착용하고 있었다는 것을 알고 있을 것이오. 그 수투 역시 구룡신기였지 않소이까. 이는 풍운객잔에서 구천신룡에게 죽는 순간에 밝혀진 것이니 이의를 달지 못할 것이오. 그리고 여길 보시오. 이게 그 수투의 흔적이오."

하고는 여조흠을 앞으로 내세우며 가슴을 펼쳐 보였다.

확연하게 드러나 보이는 묵룡의 문양.

"풍진개에게 당한 흔적이오. 그자가 본파의 제자들을 죽이고 구천신룡의 사부를 죽일 때 여기 여 사제만이 간신히 살아남았소. 당시에 풍진개는 구천신룡의 사부가 너무나 강해 자신의 독문무공의 흔적을 드러냈고, 그것을 감추고자 죽은 사람의 가슴을 뜯어내는 파렴치한 짓까지 자행했소."

공야중광의 말은 그야말로 청천벽력과도 같았다.

구천신룡이 풍진개를 죽이고 그에게서 수투를 빼앗았다는 것은 웬만한 무인이라면 다 아는 이야기였다.

개방의 일부 장로들 역시 풍진개가 수투를 착용하고 있다는 것을 잘 알고 있었다. 그것은 용개 역시 마찬가지였다.

그 때문에 그들은 더더욱 입을 열 수가 없었다.

다른 사람들 역시 마찬가지였다.

점창이 저리 나올 때는 그만한 확신이 있기에 나왔을 터였다. 천하의 개방을 상대로 하는데 확실치도 않은 일로 나서지는 않았을 것이 아닌가.

그게 사람들의 공통된 생각이었다.

용소진이 앞으로 나선 것은 바로 그때였다.

그는 정면을 똑바로 응시한 채 당당히 걸음을 옮겼다.

그에 모두들 입을 닫고는 그가 무엇을 하려는 것인지 가만히 지켜보았다.

용소진은 묵묵히 걸음을 옮겼다. 그러다 개방의 수뇌들과

십 장 정도로 가까워졌을 때 걸음을 멈추었다.

그리곤 입을 열었다.

"구룡신기들은 구룡천부가 몇몇의 악적들로 인해 멸문지화를 당할 때 사라졌던 물건들이오. 구룡용린수가 개방의 풍진개에게 전해진 것은 언제부터이오? 그리고 또 다른 구룡신기가 지금 개방에 있는 것은 어떠한 연유이오?"

용소진의 발언은 사람들을 충격으로 몰아넣었다.

그리고 그 충격은 개방이 더했다.

도대체 누가 구룡신기를 가지고 있단 말인가.

용개는 순간 화산파 도인들을 돌아봤다. 혹시나 청음진인이 돌아온 것인지 살펴보기 위함이었다.

보이지 않는다.

당연했다. 간밤에 이곳을 떠났지 않은가?

미간을 찌푸린 용개가 다시 용소진을 쳐다보았다.

"너는 무엇을 근거로 그리 말하는 것이냐?"

개방의 방주라는 신분답게 나직하면서도 힘이 느껴졌다.

순간 용소진에게서 청광이 번쩍하더니 한 줄기 푸른 광채가 개방의 수뇌들을 향해 빛살처럼 쏘아져 갔다.

"이놈, 뭐 하는 짓이냐?"

"드디어 시커먼 속을 드러냈구나!"

깜짝 놀란 개방의 수뇌들이 일제히 물러서며 공력을 급히 끌어올렸다.

과연 개방의 장로들답게 신속한 대응이었다.

그러나 용소진이 발출한 청광은 그 누구도 덮치지 않았다.

단지 한 사람 앞에 그 절대의 기운을 드러내고 있을 뿐이었다.

"이, 이놈!"

불취개는 너무 놀란 나머지 말을 더듬거렸다.

몸을 채 날리기도 전에 그의 코앞에서 굉장한 기운이 그를 옭아매 버린 것이다.

말도 안 되는 빠름이었고, 이해하기 힘든 압박감이었다.

불취개는 자신의 코앞에 있는 청룡으로 인해 도사견 앞의 아이처럼 옴짝달싹할 수가 없었다. 조금이라도 움직였다간 금방이라도 그의 전신을 처참하게 물어뜯어 버릴 것만 같았기 때문이다.

사람들이 불취개와 용소진을 번갈아 살필 때 용소진이 표정을 무심한 듯 차갑게 가라앉히며 말했다.

"당신의 품속에서 구룡의 기운이 느껴진다. 어디서 난 것이지?"

"뭐, 뭐가 말이냐?"

더듬거리는 불취개의 얼굴은 시커멓게 죽어 있었는데, 자존심을 크게 상한 것처럼 보이기도 했지만, 한편으로는 크게 당황하고 있는 것처럼 여겨지기도 했다.

사람들은 각자 주관적으로 받아들였다.

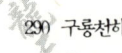

"이놈! 허튼수작 말고 당장 치우지 못하겠느냐?"

독목개가 금방이라도 달려들듯 거세게 소리쳤다.

하지만 그것보다 더 큰 음성들이 쏟아졌다.

"꺼내 보시오."

"없다면 무엇이 걸릴 게 있소. 옷을 벗어 보시오."

"옳소. 이런 일은 확실하게 하는 게 좋소."

그에 다시 한 번 독목개가 외눈을 번들거리며 강하게 쏘아 붙였다.

"누구요? 지금 개방의 장로를 모욕하는 자가 누구냔 말이 오?"

순간 찬물을 끼얹은 듯 조용해졌다. 그러나 모두가 그런 것은 아니었다.

"내 사제는 자존심이 없어서 옷을 벗은 건 줄 아시오? 시시 비비를 명백히 가려야 하는 마당에 옷을 벗는 것 정도야 하지 못할 이유가 무에 있소? 결백하다면 말이오."

공야중광의 말에 사람들이 한목소리로 동조를 했다.

불취개의 얼굴은 더욱 시커멓게 변해 갔고, 다른 개방의 장로들은 어찌할 바를 몰라 당황했다.

바로 그 순간 용소진에게서 또다시 청광이 번쩍였다.

"못하겠다면 내가 벗겨 주겠소."

쩌렁한 외침이 채 끝나기도 전에 십 장 공간을 건너뛴 청광이 불취개의 가슴을 가르고 사라졌다.

그야말로 눈 깜박일 새도 없이 벌어진 일이었다.

개방 장로들의 가슴이 다시 한 번 철렁해진 순간이었다.

하나 서늘해진 가슴속으로 진한 의혹이 떠올랐다.

스르륵! 툭!

불취개의 상의 자락의 갈라진 틈으로 작은 철함이 삐죽이 모습을 보이더니 땅으로 떨어졌던 것이다.

"저건 청음진인이 가지고 있던 물건이 아닌가?"

"어째서?"

"흐음!"

개방의 장로들이 놀란 얼굴을 감추지 못하고 있을 때 화산 도인들이 크게 당황한 얼굴로 입을 열었다.

"어찌, 어찌?"

"방주! 어찌 된 일이오?"

질문을 받은 용개의 얼굴 역시 굳어 있기는 마찬가지였다.

"불취개 장로! 어찌 된 것이오"

하나 불취개는 용소진을 무섭게 노려볼 뿐이다.

그 모습이 이제껏 알고 있던 모습과는 너무나 달라 보여 용개의 눈이 부릅떠졌다.

"서, 설마, 청음진인을……."

용개는 차마 끝까지 질문을 던질 수가 없었다.

순간 불취개에게서 지독히도 차가운 기운이 뭉클 피어났다.

전신에 터럭이란 터럭은 모조리 곤두서게 만드는 소름 끼치도록 차가운 기운이었다.

짜자자작!

기음과 함께 불취개의 주변으로 대기가 새하얗게 얼어붙으며 청룡을 밀어냈다.

그에 용개가 크게 놀란 얼굴로 황급히 외쳤다.

"유명빙백장(幽冥氷魄掌)? 모두 물러나라!"

용개의 외침과 함께 뼛속까지 얼어붙는 듯한 극도로 차가운 기운이 쏟아져 나오자 개방의 장로들과 걸개들이 재빠르게 물러났다.

하나 모두가 제때에 피한 것은 아니었다.

"끄아악!"

너무나 많은 숫자가 모여 있던 탓에 걸개 중의 몇몇이 제때에 피하지 못했고, 그로 인해 팔다리를 비롯한 몸의 일부가 급속도로 냉각되었다가 일시에 터져 버린 것이다.

그때 불취개가 오른발을 움직였다.

그의 발은 새하얗게 얼어 있던 철함을 밟았고, 어이없게도 철함이 산산이 부서졌다. 그리고 불취개가 발을 떼어 냈을 때는 아주 작은 크기의 반지가 그 모습을 드러냈다.

반지는 모습을 드러내자마자 불취개의 손으로 빨려 들어갔다.

불취개가 반지를 손가락에 끼우며 보란 듯이 펼쳤다.

용소진의 눈이 반짝였다.

분명 구룡묵지환(九龍墨指環)이었다. 처음 보는 것이지만 분명히 알 수 있었다.

그때 불취개가 입가를 씰룩이며 말했다.

"어찌 알았는지는 모르지만, 함부로 움직이지 않는 게 좋을 거야. 네가 사형을 죽였다는 것은 들어서 알고 있다. 네가 움직인 순간 난 저들을 덮치겠다. 그렇게 되면 어찌 되는지 잘 알고 있겠지?"

불취개가 한쪽에 자리한 구경꾼들을 가리키며 말하자 용소진의 미간이 한차례 꿈틀거렸다.

"누구냐? 네놈은 불취개가 아니로구나."

"시끄럽다. 이제야 알아챈 주제에 나서기는."

독목개의 말에 불취개로 분하고 있던 빙마수(氷魔手) 사도룡의 사제 빙혼(氷魂) 음유명이 오히려 소릴 질렀다. 그러자 독목개가 몸을 부들부들 떨며 분노했지만, 유명빙백장의 무서움을 잘 알고 있기에 손을 쓰지는 못했다.

그때 용소진이 움직였다.

그가 걸음을 옮기며 다가가자 음유명이 공력을 더욱 끌어올리며 차갑게 외쳤다.

"이놈! 움직이지 말라고 했다."

그러나 용소진은 걸음을 멈추지 않았다. 그러면서도 음유명을 견제하고 있던 청룡을 천천히 회수했다.

물러나는 청룡의 모습에 음유명의 입가에 의미심장한 미소가 걸렸다.

'놈! 그러면 그렇지.'

이윽고 음유명이 지켜보는 가운데 청룡이 완전히 회수되었다.

한데 용소진의 걸음이 멈춰지지 않았다.

그에 음유명이 다시금 호통을 질렀다.

"마지막 경고다. 걸음을 멈춰라."

"네 뜻대로 되지 않을 거야."

용소진의 담담한 말에 무언가 심상치 않음을 느낀 음유명은 극한으로 끌어올린 공력을 용소진을 향해 쏟아 냈다.

"이, 이, 이놈, 죽어랏!"

새하얀 운무가 대기를 급속도로 얼리며 용소진을 덮쳐 갔다.

순간 용소진의 전신에서 찬란한 청광이 일순간에 터져 나오더니 구룡창이 모습을 드러냈다.

용소진은 지체하지 않고 음유명이 발출한 유명빙백장을 향해 구룡창을 내밀었다.

구룡관천이었다.

하나 이전과는 그 힘이 확연히 달랐다.

콰르르!

유명빙백장은 흔적도 없이 사라져 버렸다.

다급해진 음유명은 구경꾼들을 향해 날아갔다. 그들을 방패 삼아 안전을 확보한 다음 벗어날 생각이었던 것이다.

하지만 그것은 희망사항에 불과했다.

"구룡묵지환을 내놔라!"

용소진이 구룡창을 크게 휘두르며 일갈을 터트렸다.

슈—앙!

대기를 가르는 날카로운 파공성. 음유명은 가슴이 서늘해지는 것을 느끼고는 신형을 급히 틀었다.

그러나 빨라도 너무 빨랐다. 파공성을 듣고 신형을 틀려는 순간 소름 끼치는 소리가 그의 귓속을 먼저 파고들었다.

서걱!

"끄아악!"

찢어지는 듯한 음유명의 비명이 터져 나왔다. 그리고 그의 오른팔이 시뻘건 핏물을 흩뿌리며 허공으로 떠올랐다.

순간 하얀 그림자가 잘려진 음유명의 팔을 노렸다. 정확하게는 구룡묵지환을 노린 것이다.

비폭영(飛爆影) 은사중이라는 자였다.

"엇?"

"구룡신기다."

몇몇이 은사중의 모습에 구룡묵지환을 생각해 내고는 급히 몸을 날렸다. 그러나 그들은 은사중처럼 빠르지 못했다.

은사중은 여유가 있었고, 음유명의 팔을 가로채 이 자릴 벗어날 생각이었다.

그의 벌려진 손이 음유명의 팔을 막 붙잡으려던 순간이었
다.

돌연 음유명의 팔이 핏물을 점점이 흩뿌리며 둥실 떠올랐
다.

그에 은사중이 오른발로 자신의 왼쪽 발등을 차며 신형을
솟구치며 음유명의 팔을 순식간에 가로챘다.

'구룡신기는 내 것…… 헛?'

내심 만족해 하던 은사중이 헛숨을 들이켰다.

그가 음유명의 팔을 붙잡은 순간 구룡묵지환이 손가락에서
쏙 빠져나가며 어디론가 빠르게 날아가 버렸기 때문이다.

은사중이 망연해진 눈으로 그것을 바라보고 있을 때 하나
의 손이 구룡묵지환을 받아 들었다.

은사중의 눈에 그 사람의 모습이 투영되었다.

푸른색의 머리를 흩날리고 있는 용소진이었다.

"구천신룡!"

은사중이 나직이 뇌까렸다.

그러나 감히 달려들어 빼앗을 생각은 못했다.

어렵지 않게 구룡묵지환을 회수한 용소진은 은사중이 아닌
다른 곳을 바라보고 있었다.

음유명이 한 점이 되어 사라지고 있었다.

그는 용소진이 일부러 놓아주었다는 것을 모르는 듯 미친

듯이 달아나고 있었다. 그리고 그런 그를 잡으려고 개방의 일
부 걸개들이 빠르게 뒤쫓아 갔다.

이윽고 용소진이 돌아섰다. 개방을 향해서였다.

이제 개방과의 일을 마무리 지을 때가 온 것이다.

第十章
우린 다시 만나야 할 사이거든

용개는 지금의 상황을 받아들이기가 힘들었다.

개방은 언제나 강호의 의(義)를 위해 피를 흘려 왔다. 앞으로도 그럴 것이었다.

구천신룡은 개방이 판단하기에 강호를 어지럽히는 자였고, 살귀와 다르지 않은 자였다. 하여 개방의 의개들을 파견했는데, 오히려 차가운 시신이 되어 돌아왔다.

뿐만 아니라 개방의 정신적 지주인 풍진개는 시신조차 남기지 못하고 비명횡사하는 일이 벌어졌다.

그런 구천신룡을 단죄하는 것은 개방으로서는 당연했고, 그 누구라도 이의를 달지 않을 것이라 믿었다.

한데 돌아가는 상황은 그렇지가 않았다.

점창이 끼어들면서부터였다.

점창은 교묘하게 방관자인 자들을 끌어들였고, 그것으로 개방의 입을 닫게 만들었다.

그리고는 믿을 수 없는 일을 사실인 양 밝히고 있었다.

말도 안 되는 이야기였다. 한데 사람들은 그 이야기를 받아들이려는 눈치를 보였다. 설상가상으로 불취개의 일까지 벌어졌다.

그 스스로가 불취개가 아님을 밝혔지만, 중인들로 하여금 개방을 불신하도록 만들기에 충분한 일이었다.

모든 게 순식간에 벌어진 일이었다.

돌아가는 상황을 잠깐 지켜보는 사이에 개방이 구석으로 몰려 버렸다.

용개는 용소진을 노려보았다.

눈빛만으로도 찢어 죽일 듯 사나웠다.

그때 불취개를 가장한 악도의 팔을 자르고 구룡묵지환을 회수한 용소진이 그를 향해 돌아서는 게 보였다.

'으드득! 기필코 네놈을 죽이고야 말겠다.'

"난 내 스승을 해한 자를 내 손으로 죽였다. 하지만 스승에 대한 그리움이 더 커질 뿐이었다."

용소진은 용개를 물끄러미 바라보며 스승 서동백을 떠올리고는 아련한 음성으로 말했다.

"내가 그랬듯이 당신들 또한 나를 죽이고 싶을 것이다. 이해할 수 있다."

"닥쳐라! 또 무슨 망발을 하려는 것이냐."

용개의 거친 일갈에도 용소진의 표정은 변하지 않았다.

"하지만 내 행동에 부끄러움은 없다. 주어진 내 운명에 최선을 다했을 뿐이기 때문이다. 그리고 앞으로도 그럴 것이다."

"이, 이, 이놈! 그 많은 숫자를 죽여 놓고도 고작 한다는 소리가 그거냐?"

그때 용소진이 얼굴을 굳히며 말했다.

"당신들이라면 어떻게 할 건데? 원수인 나를 죽여야만 하는데 여기 있는 수많은 사람들이 당신의 앞을 막아선다면 당신은 어찌하겠는가? 그냥 물러서겠는가? 포기하겠느냔 말이다."

"이, 이이……!"

"난 어느 누구도 해치고 싶지 않다. 내 원수인 자들을 제하고는 그 누구와도 다투기를 원치 않는단 말이다. 내가 그들을 찾아다니며 죽였는가? 내가 그들로 하여금 손을 쓰도록 도발했느냔 말이다. 난 그저 내 원수들을 찾아갈 뿐이었다. 그들이 무슨 짓을 하건 어떤 생각을 하고 있든지 신경조차 쓰지 않았단 말이다. 한데 그들은 구룡신기를 빼앗겠다는 탐욕을 부렸고, 그 때문에 내 앞길을 막았다. 그렇다면 내가 구룡신기들을 그냥 내주었어야 옳은가?"

"……."

용개는 대답을 못했다.

반면 용소진은 끓어오르는 심정을 그대로 쏟아 냈다. 그러다 격정에 휩싸여 자신의 상의를 벗어젖혔다. 그러자 핏빛 원한의 고리, 구룡환이 그 모습을 드러냈다.

사람들이 놀라 수근거렸다.

용소진이 그들을 둘러보며 외쳤다.

"열 살 아이가 이런 상처를 당했다. 부모를 잃었고, 마을 사람들을 전부 잃었다. 단 한 사람도 남김없이 모조리 죽임을 당했다."

사람들이 숙연해진 가운데 용소진이 용개를 똑바로 응시했다.

"그 복수를 하려는 것이다. 그게 잘못인가? 그런 복수를 하려는 나에게 탐욕에 젖어 구룡신기를 빼앗으려고 달려들었다. 난 그런 자들을 죽였다. 그게 잘못이냔 말이다."

용소진이 울부짖었다.

세상에 고하고 싶었던 속마음이었다.

그게 통했음인가? 투명한 빗방울이 떨어졌다.

용소진의 뜨거워진 머리 위로 떨어졌고, 숙연해진 사람들의 가슴속으로 떨어졌다.

투둑! 투둑!

빗방울이 조금씩 떨어지는 가운데 상의를 추스른 용소진이 선언하듯 외쳤다.

"나와 개방 간의 원한은 오래전 구룡천부의 멸문지화에서부터 비롯된다. 하여 나 구룡천부의 부주 용소진은 지금 이 자리에서 그 모든 원한을 구룡천부와 개방만으로 매듭짓기를 원한다."

"소진아!"

"용 소협!"

사람들이 용소진을 만류했다. 그에 용소진이 사람들을 돌아봤다.

"생각이 있어서 그런 것이니 믿고 맡겨 주십시오."

엷은 미소를 짓고 있는 용소진의 모습.

홍동곽을 비롯한 일행들은 요료와의 싸움 이후로 그가 변했다는 것을 알았다. 구체적으로 알지는 못했지만, 이전과 비교할 수 없을 정도로 강해졌다는 것을 은연중에 느끼고 있었다.

모두들 용소진과 눈이 마주치자 고개를 끄덕여 주었다.

끝으로 용소진은 도상천을 돌아봤다.

"제가 먼저 나서는 것을 양해해 주시기를 바랍니다."

"허, 허험! 백당이 놈과의 일이 남아 있음을 알 것이다. 살아서 돌아오너라."

용소진은 말없이 포권을 취해 보였다.

이윽고 용소진이 돌아섰다.

그러자 기다렸다는 듯이 용개가 입을 열었다.

"너 혼자 본 개방 전부를 상대하겠다는 것이냐?"

"물론. 대신 오늘 이후로 더 이상의 원한을 품지 말아야 한다."

"좋다. 개방은 오늘 이 자리에서 모든 것을 끝내겠다."

그렇게 구룡천부와 개방의 결전이 정해졌다.

*   *   *

기환문의 문주 기환진천 유곽은 자신이 나서야 될 때가 되었음을 알아차렸다.

전령귀진박(纏靈鬼晉搏)을 펼칠 때가 온 것이다.

이미 주변에는 그의 피로 결계를 쳐 놓았고, 그 중심이 되는 범령(凡靈)의 위치에 그가 자리하고 있었기에 격전이 시작되면 언제라도 전령귀진박을 발동시킬 수가 있었다.

전령귀진박을 발동시키면 구천신룡이 가진 구룡신기는 무용지물이 될 것이고, 개방은 그를 잡을 터였다. 그리고 기환문은 탄탄대로를 걷게 될 것이다.

'크흐흐! 시무(時務)를 아는 자가 곧 준걸이라고 했던가.'

의미심장한 미소를 입가에 단 유곽은 심호흡을 하고 난 뒤 수인을 맺으며 조용히 기다렸다.

*   *   *

개방의 일천과 용소진 단 한 사람의 기상천외한 격전이 벌어지려고 했다.

어떤 이들은 한 사람을 두고 일천이 상대한다고 꼬집기도 했지만, 용개는 눈 하나 깜박이지 않았다. 욕을 얻어먹더라도 반드시 용소진을 제거해야 했기 때문이다.

만약 오늘 제거하지 못하면 이후로 개방은 영원히 얼굴을 들 수 없을지도 몰랐다.

일천을 투입한 것은 그럴 리는 없겠지만, 만의 하나 자신과 장로들을 포함한 개방의 최정에 일천으로도 잡지 못하면 삼천, 사천을 투입한다 하더라도 그 결과는 마찬가지일 것이기 때문이다.

용개는 타구진을 펼칠 것을 지시했다.

일전에 용소진을 막아 내지는 못했지만, 타격은 줄 수 있었다고 했다.

당시에는 이결 제자들로 구성된 타구진이었고, 지금은 그때와는 다르게 최소 삼결 제자 이상으로 이루어진 타구진이었다. 같은 타구진이라도 그 위력에서 수배의 차이가 날 터였다.

거기다 장로들과 자신이 있었다.

조그마한 빈틈만 보여도 구천신룡은 피떡이 되는 것을 면할 수가 없을 것이다.

용개가 강한 자신감을 보이고 있을 때 용소진은 묵묵히 전방을 바라보고 있었다.

그는 전방에 늘어서 있는 팔백 명의 걸개들을 보고는 일전에 겪었던 진이라는 것을 어렵지 않게 알아봤다. 그리고 진을 이루고 있는 걸개들의 무위가 그때와 비교하여 월등하다는 것도 한눈에 알아보았다.

'그래도 달라지는 것은 없다.'

용소진은 자신했다.

이전이라면 모를까 구룡의 기운이 제자리를 찾은 지금으로서는 절대 지지 않을 자신이 있었다. 그리고 한편으로는 제대로 된 구룡의 기운을 펼쳐 보고픈 욕심이 있었는데, 타구진이라면 좋은 상대가 되어 줄 것이었다.

용소진이 걸음을 옮겼다.

개방의 삼결 제자 이상으로 이루어진 타구진을 향해서였다.

용소진의 걸음은 당당했고, 자신감이 넘쳐 보였다.

타구진을 상대하러 가는 사람처럼 보이지 않을 정도로 여유가 넘치는 모습이었다.

수십 장 밖에 떨어져 있는 사람들이 숨죽이며 지켜보고 있었다. 그들은 구천신룡과 개방의 격전을 보는 것만으로도 만족했다. 그리고 경천동지할 격전이 되어 준다면 더 바랄 것이 없을 터였다.

화산파의 세 진인들은 매화검수들을 보내 청음진인 일행의 행방을 찾도록 지시해 놓고는 복잡한 얼굴로 지켜봤다.

점창은 점창 나름대로 결과에 따라 어찌 행동할지 미리 준

비하고 있었다.

모두들 각자 상황에 맞게 생각을 정리하며 지켜보는 사이에 거센 기운이 순식간에 충돌했다.

쏴아아!

빗줄기가 거세게 쏟아지는 가운데 뒤쪽으로 구룡창을 비껴 잡은 용소진이 땅을 박차고 전방으로 튀어 나갔다.

수십 장의 간격이 순식간에 줄어들더니 십여 장으로 가까워졌다.

"봉!"

쩌렁 울리는 음성에 팔백의 걸개들이 일제히 타구봉을 쳐들었다.

"출!"

순간 팔백 개의 타구봉들이 일제히 지면을 강타했다.

쿠르르르!

지면이 거대한 울림을 토해 냈다.

그러더니 용소진의 바로 앞에서 지면이 폭발하듯 터져 나가며 무시무시한 기운이 흙덩이들과 흙탕물을 이끌며 마치 거대한 장벽처럼 허공으로 솟구쳤다.

용소진은 짧은 순간 구룡창을 휘둘렀다.

날카로운 파공성과 함께 공간을 가른 청광이 앞을 가로막은 장벽마저 갈라놓았고, 용소진은 그 갈라진 틈으로 빠져나갔다.

바로 그 순간 팔백 개의 타구봉들이 동시에 허공을 강타했다.

콰콰콰콰!

굉렬한 폭음이 십만평을 뒤흔들었다.

뿐만 아니라 대기가 해일처럼 거세게 일어나더니 쏟아지는 빗방울들을 휩쓸며 날아오는 용소진을 향해 폭발하듯 밀려갔다.

용소진이 다시 한 번 구룡창을 휘둘렀다.

세 개의 청광이 번쩍이며 덮쳐 오는 기운을 강타했다.

그러자 천지가 뒤집어지는 듯한 엄청난 충격과 함께 사방으로 빗물과 흙덩이들이 어지럽게 비산했다.

그 속에서 오 장을 튕겨 나는 인영이 있었다.

용소진이었다.

'대단하군.'

비록 구룡의 기운이 세 개뿐이었지만, 이전과는 비교할 수 없을 정도로 막강했다. 그럼에도 자신이 밀렸다.

역시나 대단했다.

하지만 이전이라면 모를까 지금의 자신에겐 어림없었다.

파―앗!

눈부신 청광이 네 개가 되었다. 구룡의 기운을 하나 더 끌어낸 것이다.

대해마저 갈라 버릴 듯한 웅혼한 기운이 느껴졌다.

일 보를 내디뎠다. 대기가 요동을 치는 게 느껴졌다.

또다시 일 보를 내디뎠다. 방원 백 장 안의 대기가 자신을 따랐다.

바로 그때 팔백 개의 타구봉이 또다시 허공을 두들겼다.

콰콰콰콰!

거침없이 밀려오는 팔백 명의 무지막지한 기운. 가히 금성 철벽처럼 견고하면서도 막강해 보였다.

그에 맞선 용소진이 앞으로 튀어 나갔다. 구룡창을 치켜든 그의 주위로 단단히 웅축된 대기가 회오리처럼 맹렬하게 휘 돌고 있었다.

츄아악!

구룡창이 공간을 찢어발겼다.

눈부신 청광이 해일 같은 기운을 동반한 채 광풍노도처럼 뻗어 나갔다.

파파파파!

그 기운에 휩쓸린 대지가 흙덩이와 돌멩이들을 토해 내며 기다란 고랑을 만들었다.

그 광경에 사람들은 넋을 잃고 있었다.

진정 인간의 힘인지 믿을 수가 없었던 것이다. 청발을 흩날리는 용소진의 모습이 진정 인간인지 의심이 들 정도였다.

그때 양쪽의 거대한 두 기운이 순식간에 부딪쳤다.

한쪽은 개방이 자랑하는 타구진이요, 한쪽은 완전한 힘을 되찾은 구룡의 기운이었다.

콰콰쾅!

시작은 작은 폭음에 불과했다.

그러나 그 폭음이 사라지기도 전에 수십 장 밖의 사람들이 혼비백산할 정도로 엄청난 굉음이 십만평을 뒤흔들었다.

대지가 쩍 갈라졌고, 공간이 비틀렸다.

떨어지는 빗줄기가 오히려 튕겨져 하늘 높이 솟구쳤고, 충격파에 휩쓸린 파편들과 지면을 흐르던 흙탕물이 날카로운 암기가 되어 사방 공간을 꿰뚫었다.

그리고 타구진이 무너졌다.

최초의 충격에 잘 버티던 걸개들이 한순간 돌풍에 휩쓸린 낙엽처럼 맥없이 튕겨 버렸다. 모두가 그런 것은 아니지만, 중앙에 위치하고 있던 백오십여 명이 그렇게 나뒹굴었다.

그것은 너무나 놀라운 광경이었다.

상상도 할 수 없는 일이 벌어진 것이다.

전장은 마치 거대한 태풍이 일시에 휩쓸고 지나간 듯 폐허가 되어 버렸고, 용개와 개방 장로들의 얼굴엔 믿을 수 없다는 기색이 역력했다.

하긴 누가 믿을 수 있겠는가.

삼결 제자 이상으로 이루어진 개방의 대타구진을 단 한 사람의 힘으로 상대할 수 있다는 것을 그 누가 믿겠는가 말이다.

용개와 개방 장로들이 놀라움 가득한 시선으로 용소진을 찾았다. 그리고 멀쩡해 보이는 용소진의 모습을 확인한 그들의 얼굴이 동시에 딱딱하게 굳어 버렸다.

최소한 내상 정도는 입었을 것으로 예상했는데, 저 평온해 보이는 얼굴은 뭐란 말인가. 애써 감추고 일부러 꾸며진 표정이 절대 아니었다.

"으, 음!"

끝내 용개의 입에서 억눌린 신음이 흘러나오고야 말았다.

그런 자신의 모습에 소스라치게 놀란 용개가 이내 놀란 가슴을 진정시키며 고개를 돌렸다.

용개의 시선과 유곽의 시선이 마주쳤다.

용개가 슬쩍 고개를 끄덕였다.

그에 유곽 역시 고개를 끄덕였다.

유곽은 타구진이 무너진 순간 자신이 나서야 할 때임을 알았고, 용개를 주시했다. 그리고 용개의 고개가 끄덕여지는 것을 보았다.

수인을 맺고 있는 유곽의 입이 바쁘게 움직였다.

쉴 새 없이 흘러나오는 괴이한 주문들.

순간 폐허가 되어 버린 전장의 대기가 심상치 않은 조짐을 보였다.

눈에 보이지 않는 대기의 흐름에 변화가 생겨난 것이다.

모이고 흩어지기를 반복하던 대기가 구역을 나누더니 제

갈 길인 양 여섯 방위로 모여들었다.

육방으로 모여든 대기는 마치 소용돌이처럼 보이는 기류를 형성했고, 그 기류들에서 서리처럼 새하얀 운무가 흘러나오더니 주변을 잠식해 버렸다.

전령귀진박이 펼쳐진 것이다.

용소진은 전신을 압박하는 심상치 않은 조화에 미간을 찌푸렸다. 그 모습을 용개가 놓치지 않았다.

과연 유곽의 호언장담대로 용소진에게 사단이 일어난 것처럼 보였다.

용개는 곁의 장로들을 대동하고는 용소진을 향해 조심스럽게 다가갔다. 그러나 함부로 달려들지는 않았다.

좀 더 지켜보아야 했던 것이다.

그러는 사이에 하얀 운무가 안개처럼 일어나 용소진의 모습을 감춰 버렸다. 운무는 거기에서 그치지 않고 방원 백 장을 뒤덮었다.

그 기괴한 광경에 개방도뿐만 아니라 멀찍이서 지켜보던 군웅들도 마른침을 삼켰다.

그때 단 한 사람, 유곽만은 의미심장한 미소를 짓고 있었다.

이제 용소진이 전령귀진박 속에 갇혔으니 그를 죽이지는 못하더라도 최소한 구룡신기 안에 깃들어 있는 정체불명의 기운은 소멸시켜 버릴 수 있을 터였다.

이윽고 유곽의 입에서 신성한 도가주문이 흘러나왔다.

"육갑신장(六甲神將) 여율령(如律令) 분신분령(分身分靈)……."

육갑신장(六甲神將)은 천지조화를 부리는 신으로 도사가 삿된 요괴를 제압할 때에 청하는 천상의 신장이다. 육정신장(六丁神將)과 합하여 육정육갑으로 불리며 천상에서는 흑제, 즉 현천상제(玄天上帝, 진무대제) 휘하의 신장이기도 하다.

그랬다. 전령귀진박은 육갑신장을 불러내 삿된 요괴(妖怪)들과 이매망량(魑魅魍魎), 그리고 신귀(神鬼)들을 제압하는 강력한 도가의 법술이었던 것이다.

용개는 공력을 잔뜩 끌어올린 채 유곽을 바라보며 뛰어들 순간만을 기다렸다.

유곽의 신호가 떨어지면 그와 개방의 칠대 장로들이 일시에 뛰어들어 놈을 처참하게 갈라 버릴 생각이었다.

강맹한 공력이 그의 전신을 세차게 휘돌고 있었고, 그의 머릿속에는 단 한 치의 빈틈도 허락하지 않는 강룡십팔장의 절륜한 초식들이 연이어 그려지고 있었다.

그러던 어느 순간 유곽에게서 신호가 떨어졌다.

의기양양한 미소를 머금던 유곽의 고개가 끄덕여진 것이다.

용개의 입에서 쩌렁 울리는 폭갈이 터져 나온 것은 바로 그때였다.

"놈을 도륙하라!"

용개를 필두로 한 개방의 절정고수들이 일시에 신형을 날렸다. 그리고 그들의 뒤를 육백이 조금 넘어 보이는 걸개들이 타구봉을 쳐든 채 바짝 따랐다.

그 일사불란한 광경에 용소진의 일행들은 가슴이 철렁해졌다.

정체 모를 운무가 용소진을 삼켜 버려 가뜩이나 가슴 졸이고 있었는데, 용개를 비롯한 개방 수뇌들의 모습을 보아하니 애초에 그들이 준비해 놓은 상황임을 단번에 알아차릴 수 있었기 때문이다.

"안 되겠다. 가서 도와주어야겠다."

"같이 갑시다."

요심개와 하후량이 나서자 검무양 등도 달려들 준비를 했다.

그때 홍동곽이 나섰다.

"기다리죠."

그에 사람들이 그를 돌아봤다.

"소진이를 믿습니다. 믿어야 합니다."

두 주먹을 불끈 쥔 채 부릅뜬 눈으로 전방을 주시하고 있는 홍동곽의 모습에 일행들은 더 이상의 행동을 할 수가 없었다.

육백을 넘는 숫자가 운무 속으로 뛰어들었다. 한데 아무런 소리도 들려오지 않았다.

군웅들은 연이어 벌어진 기괴한 상황에 서로를 돌아보며 어리둥절한 표정을 한 채 좀 더 기다려야만 했다.

가장 먼저 운무 속으로 뛰어든 용개는 자신의 심장이 쿵 하고 내려앉는 것을 느꼈다.

운무 속이 어떠할 것이라는 것은 유곽에게 들어서 알고 있었기에 물속에 잠긴 듯 소리 하나 없는 현상 정도로는 놀랍지도 않았다.

그가 기겁할 정도로 놀란 이유는 다른 데에 있었다.

운무 속으로 뛰어든 순간 그는 전신이 얼어붙는 것을 느꼈다. 항거할 수 없는 미증유의 기운이 단단히 결박 지어 놓은 것처럼 움직일 수가 없었다.

대항할 엄두조차 내지 못하게 만드는 전대미문(前代未聞)의 파천황(破天荒) 같은 압도적인 거력이 그를 기다리고 있었기 때문이다.

그뿐이 아니었다.

운무 속으로 뛰어든 순간 개방의 칠대장로들을 비롯한 모든 걸개들 역시 그 자리에 석상처럼 굳어 버렸다.

그들 앞에는 용소진이 기묘한 모습으로 변해 태산처럼 장엄한 모습으로 서 있었다. 그리고 그의 뒤에는 육갑신장들이 용소진이 아닌 자신들을 금방이라도 덮쳐 올 듯 무시무시한 기운을 쏟아 내고 있었다.

'어째서?'

용개는 지금의 상황을 도저히 받아들일 수가 없었다. 하나 머릿속의 궁금증은 순식간에 사라져 버렸다.

그것마저도 허락하지 않는 절대의 기운이었기 때문이다.

아연실색해진 개방의 무리들, 그들을 무심히 바라보는 용소진은 절대적인 군림자였다.

용개는 자신이 한 마디라도 벙긋한 순간 피보라가 몰아칠 것을 직감적으로 알아차렸다.

절세무공인 강룡십팔장이 너무나 무력하게 느껴질 정도로 항거불능이었다.

모두가 알고 있었다.

그들은 덜컥 주저앉은 심장을 부여잡은 채 명을 기다려야 만 했다. 목숨을 초개와 같이 버리는 개방의 의혈 따위는 아무런 소용이 없었다.

심령마저 완전히 제압되었기 때문이다.

하지만 용소진에게선 아무런 말도 없었다.

그러나 무엇을 원하는지 알 수 있었다.

시간은 무심히 흘러갔고, 용개를 비롯한 개방의 걸개들은 무참하게 무너져 내렸다.

*　　　　*　　　　*

전령귀진박의 결계 안쪽은 천상계와 인간계의 경계였다.

그 중간계의 일부를 전령귀진박의 법술이 강제로 소환해 놓은 것이다.

용소진은 그 속에서 크게 변한 모습을 하고 있었다.

치렁치렁한 청발은 땅에 닿을 듯 길어진 상태에서 사방으로 뻗친 듯 넘실거렸고, 피부엔 청광이 은은하게 발하는 각질로 뒤덮여 있었다. 뿐만 아니라 두 눈에선 천지사방을 꿰뚫는 듯한 눈부신 청광이 폭출하고 있었고, 그의 전신에서는 서릿발처럼 차가운 기운이 위엄을 드러내고 있었다.

진정 놀라운 변화였다.

그러나 그것보다 더 놀라운 것은 그의 눈앞에서 벌어지고 있었다.

그의 앞에는 갑자(甲子), 갑술(甲戌), 갑신(甲申), 갑오(甲午), 갑진(甲辰), 갑인(甲寅), 즉 육갑신장들이 모습을 드러내고 있었다.

한데 놀랍게도 공손한 자세를 취하고 있었다.

분명히 구룡의 기운을 소멸시키기 위해 강림한 신장들이었다. 그런데 공격해 오기는커녕 명령을 기다리는 수하인 양 지극하기만 했다.

그 광경을 용소진은 스스로를 관조하듯 바라보고 있었다. 그리고 구룡의 기운이 어디에서 비롯된 것인지 비로소 깨달을 수 있었다.

용개를 위시한 개방의 걸개들이 결계 안쪽으로 뛰어들어
온 것은 바로 그때였다.

유곽은 두 가지를 알지 못한 어리석은 자였다.

하나는 자신이 알고 있는 전령귀진박이 원래 도가의 법술
이라는 것을 알지 못했고, 두 번째는 구룡의 기운이 현천상제,
즉 북방흑제(北方黑帝)와 동격인 동방청제(東方靑帝)의 기운
임을 알지 못했다.

구천신룡이 청룡을 부린다는 말을 들었을 때 구룡신기에
깃들어 있는 기운이 청제(靑帝)의 기운일지도 모른다는 생각
을 했어야만 했다. 하지만 그는 그렇지 못했다.

그랬기에 육갑신장을 불러내 감히 청제의 기운을 소멸시키
려는 우를 범하고야 만 것이다.

그러한 사실을 알지 못한 유곽은 득의에 찬 얼굴을 하고 있
었고, 안개처럼 뿌연 운무 안쪽에서는 그가 상상도 하지 못하
는 일이 벌어졌던 것이다.

후일 사람들은 우매하고 아둔한 자들을 유곽의 이런 어리
석음에 빗대어 '육갑한다'고 비웃었다.

*　　　　*　　　　*

시간은 강물처럼 도도히 흐른다.

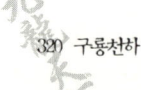

그 속에서 영웅의 기개는 언제나 굳건했고 가인의 눈물은 방울진다.

호사가들은 사방에서 입을 놀렸고, 낭인들은 소리 없이 고개를 숙였다.

발 없는 말이 천 리를 질주하는 동안 구천을 질타한 신룡은 광동성으로 향했다.

*   *   *

광해방(狂海幇).

광동성 뢰주반도 최남단에 자리 잡은 광해방의 정문이 부서질 듯 요란하게 열렸다.

"바, 바바바방 즈, 즈즈즈즈우~!"

금방이라도 숨넘어갈 듯 더듬거리는 목소리에 거친 욕설과 함께 거구의 노인이 빠르게 튀어나왔다.

"유구! 이런 씹어 먹을 새끼야, 또 너냐. 다른 놈 보내라는데 왜 자꾸 니가 오냐구? 누구 복창 터져 죽는 꼴을 보고 싶냐? 앙!"

광해방의 방주 구홍라였다.

구홍라의 거친 음성에도 유구라 불린 사내는 무언가 보고할 것이 있는지 안간힘을 쓰며 입을 벌렸다.

"즈, 즈즈즈즈웅요하, 하하하한······."

"중요한 일이라고?"

답답한 듯 가슴을 두드리며 구홍라가 큰소리로 넘겨짚으며 묻자 유구가 고개를 빠르게 끄덕였다.

"해, 해나, 나나나나암 도, 도도……."

"해남도 새끼들이 또 왔다고? 이런 씹어 먹을 새끼들은 잊을 만하면 와서 지랄이냐? 개자식들, 내 오늘은 가만있지 않겠다. 이것들이 섬에 처박혀 사는 게 불쌍해서 그동안 모른 척 봐줬더니, 지들이 무서워서 그러는 줄 아나 본데. 개자식들! 오늘은 기필코 쓴 맛을 보여 주마. 뭣들 해? 애들 불러 모으지 않고."

구홍라의 분노는 거칠 것이 없어 보였다.

그런 구홍라의 옷자락을 누군가가 붙잡았다.

돌아보니 유구였다.

"바, 바바바방……."

구홍라가 크게 인상을 쓰며 유구의 머리통을 갈겼다.

빡!

박 깨지는 소리와 함께 유구가 자신의 머리통을 열심히 문질러 댔다. 얼마나 아팠으면 눈물마저 찔끔한 것 같다.

"이 씹어 먹을 새끼야, 아랫놈들 보내라고 몇 번을 말했어? 다음에 또 니가 오면 그땐 주둥이를 꿰매 버린다."

그때 급박한 발자국 소리와 함께 오십여 명의 사내들이 모여들었다.

"이게 다냐?"

"서른 명은 방주의 명으로……."

"됐다. 몇 놈 손보는 데 이 정도면 충분하지. 가자."

그동안 참아 왔던 격분을 한꺼번에 터트리는 날이었다.

큰 걸음을 내딛는 구홍라의 뒤를 오십여 명이 기세등등하게 뒤따랐다.

그리고 그런 그들의 뒤로 당황하고 있음이 분명해 보이는 유구의 더듬는 목소리가 따라붙었다.

"스, 스스숫자, 자가……."

팔괘도를 턱하니 어깨에 걸친 채 나아가는 구홍라의 모습은 강호를 종횡하는 영웅이 따로 없었다.

외모야 한참을 미치지 못했지만, 적어도 기세만은 그랬다.

한데 당연히 있어야 할 서너 명의 건방진 해남도의 무인들은 어딜 가고, 저들은 도대체 누구란 말인가.

구홍라 본인과 그의 수하들 오십여 명에게 단단히 혼이 나야 할 서너 명의 해남도 무인들은 도대체 어디로 사라졌단 말인가.

기세등등하게 어깨에 걸쳐 두었던 팔괘도를 슬그머니 내린 구홍라가 전방의 선착장을 바라보며 떨리는 음성으로 중얼거렸다.

"유구! 이 씹어 먹을 새끼! 돌아가면 진짜 씹어 먹어 버린다."

　그런 구홍라와 그의 수하들을 향해 십여 명의 무인들이 날카로운 기운을 흘리며 다가오고 있었다. 그리고 그들의 뒤로 족히 일천은 될 것 같은 해남도의 무인들이 부산하게 움직이고 있었다.

＊　　　＊　　　＊

　멀리 철혈패천문의 거대한 철문이 활짝 열려 있었다.
　그리고 그 앞에 일백에 가까운 사람들이 줄을 지어 늘어서 있었다.
　웬만한 일로는 꿈쩍도 않는 철혈투룡(鐵血鬪龍) 하후표가 모습을 드러냈고, 하후장천의 막역지우이기도 한 철혈패천문의 총관 양문청도 보였다.
　한데 도열한 무룡단(武龍團)과 풍운단(風雲團)의 무인들이 흥분한 기색을 감추지 않고 있었다.
　"그래서 어찌 됐다던가?"
　"운무가 걷히고 나니……."
　"걷히고 나니?"
　"용개를 비롯한 개방이 무릎을 꿇고 있었다고 하네."
　"엥?"
　"말도 안 되는 소리. 용개가 누군데 무릎을 꿇는단 말인가?

차라리 죽으면 죽었지 그럴 사람들이 아니네."

"허! 내 직접 보지 않았으니 더 이상 뭐라 하지는 않겠네만, 종기 그 친구가 알려 준 사실이란 말일세."

"종기? 은형단(隱形團) 소속의 그 나종기?"

"그렇단 말일세."

순간 크게 놀라는 수군거림이 이어졌다.

"조용히 하거라."

그때 무룡단의 단주 진패의 나직한 명령에 수군거림이 뚝 그쳤다.

하후량을 비롯한 광풍단 무인들의 걸음에 힘이 실리기 시작했다.

어깨는 활짝 펴졌고, 목에는 힘이 들어갔다.

남천융가의 남천묵영단과 지둔일족이 궤멸되었다. 물론 그들만으로 한 일은 아니지만, 그들의 무력이 크게 작용한 것은 분명 사실이었다. 하니 이리 당당할 수밖에.

게다가 개방이 완전히 무릎을 꿇었다.

그때만 생각하면 지금도 온몸이 짜릿했다.

법술을 펼친 유곽의 그 넋 나간 모습은 아직도 웃음 짓게 만들었다.

통쾌하고 후련했다.

한편으로는 어찌 된 일인지 궁금하기 짝이 없었다.

하나 당사자인 용소진은 입을 열지 않았다.

조르고 졸라 보았지만, 가만히 웃기만 할 뿐이었다. 그에 일행들이 삐친 척도 해 보았지만 소용이 없었다. 그것만은 절대 함구하려는 모양이었다.

궁금증은 날로 커 갔고, 걸음을 옮기는 일행들의 시선은 자꾸 용소진에게로 향했다.

아는지 모르는지 용소진의 걸음은 몰인정했다.

그러던 어느 순간 용소진의 걸음이 우뚝 멈추어졌다.

그에 일행들이 걸음을 멈추었다.

"꽤 크지?"

하후량이 씩 웃으며 물었다.

철혈패천문이 과연 크기는 했다. 하지만 그런 것 때문에 걸음을 멈출 용소진이 아니었다. 홍동곽이 아는 용소진은 그랬다.

"아는 사람이라도 있냐?"

홍동곽의 물음에 용소진이 고개를 끄덕였다.

그러면서도 시선은 전방에서 움직일 줄을 몰랐다.

"그래?"

하후량이 어리둥절한 표정으로 반문했다.

그때 용소진이 걸음을 움직였다.

무언가에 쫓기는 사람처럼 꽤나 다급해 보이는 걸음이었다.

일행들은 용소진의 걸음에 속도를 맞추느라 뛸 듯이 걸었다.

그렇게 한참을 걷자 마중 나와 있는 사람들의 얼굴을 알아볼 수 있을 만큼 가까워졌다.

그때부터였다.

뛸 듯이 빠르게 걷던 용소진의 걸음이 서서히 느려지기 시작한 것이.

일행들은 용소진의 그런 걸음에 맞추었다.

마중 나온 수많은 사람들이 있는데 기왕이면 보조를 맞추어 도착하는 게 좋지 않겠는가. 특히 하후량과 광풍단의 무인들이 그런 마음이었다.

하지만 용소진은 그들의 그런 마음을 알아주지 않았다.

또다시 걸음을 우뚝 멈추더니 전방을 바라보고만 있는 것이 아닌가.

어쩔 수 없이 일행들도 걸음을 멈추었다.

그제야 홍동곽은 용소진이 왜 이런 행동을 하는 것인지 알아채고는 입가에 기분 좋은 미소를 지었다.

한참을 그렇게 바라만 보던 용소진이 서서히 걸음을 옮겼다.

그에 일행들이 이동하려 하자 홍동곽이 양팔을 벌려 막아세웠다.

용소진은 그런 줄도 모르고 전방의 한 사람만을 주시하며 정신 나간 사람처럼 그렇게 넋을 잃고 홀로 걸었다.

꿈에서라도 잊지 못할 사람이다.

언제 어디에서 만나도 스쳐 가는 느낌만으로도 알아볼 수 있는 사람이었다.

웃는 얼굴, 화난 모습.

때로는 누이처럼, 때로는 어미처럼, 그리고 또 때로는 여인으로…….

수많은 의미로 다가오는 하얀 얼굴, 죽어 버린 자신의 가슴에 깊게 자리했음에도 자신과 어울릴 수 없는 여인.

그 여인이 눈앞에 있었다.

순간 용소진의 눈동자가 흔들렸다.

"다시는 보지 못할 줄 알았는데……."

화영령이 도리질 쳤다.

"아니, 아니야. 난 다시 볼 거라고 믿고 있었어. 왜 줄 알아?"

"……?"

"우린 다시 만나야 할 사이거든!"

그러고는 웃는다.

한데 너무나 슬퍼 보이는 웃음이었다. 그럼에도 애써 밝게 보이려고 애쓰고 있었다.

기쁨과 안쓰러움이 가슴을 울렸다.

주체할 수 없는 감정이 가슴에서 솟아올랐다.

시간이 멈추고, 공간이 사라졌다.

모든 것이 흩어져 갔고, 그녀만이 홀로 존재했다.

손을 내밀어 그녀의 여린 손을 맞잡았다. 따스한 온기가 전해져 와 가슴을 포근하게 감싸 주었다.

순간 투명한 눈물이 그녀의 뺨을 적셨다.

조심스런 손길로 닦아 주었다.

주체할 수 없는 기쁨은 그녀 역시 마찬가지였다.

견디지 못할 격정이 그녀를 휘감았다.

그녀가 와락 안겨 왔다.

용소진은 터질 듯한 심장 박동을 느끼며 그녀를 격렬하게 끌어안았다.

두 사람은 그렇게 서로를 확인했다.

〈『구룡천하』 제6권에서 계속〉

BBULMEDIAFANTASY

투신월드

정우 무협 게임 소설
-3권 발행 예정-

1년간 모아 오던 보물이 사라졌다.
아이템을 훔쳐 갈 수 있는 클래스는 단 하나.
"도둑."
수사망은 좁혀졌다.
수만 도둑을 모두 잡아서라도
내 아이템을 훔쳐 간 범인을 잡고 말겠다!

P.K가 공인된 가상현실 무협 게임, 투신월드.
이제 그 난세에 또 한 명의 사내가 발을 내딛는다.
사내가 내딛는 한 발 한 발은 요란한 굉음과 함께
투신월드에 울려 퍼진다.

"너의 실수는 나의 아이템을 훔친 것이다."

이제 그의 뇌격이 무림에 내려친다!

뿔미디어

마신검존

금건영 신무협 장편 소설
-3권 발행 예정-

"내가 이겼어! 첫 무림출도에 절혼장을 쓰는 고수를 꺾었으니,
두 번째 출도에는 무슨 공을 세울지 두렵구나.
창건! 으하핫, 그 이름은 천하제일검객이라!"

그 말, 나 지금 이 순간 피 토하게 후회하고 있거든?
그때로 돌려만 보내 줘! 내 혓바닥 내가 끊어 먹어 버리게!
천하제일검객 좋아한다!
그따위 꿈을 꾸었으니 지금 내가 이 모양 이 꼴이지!

정의를 수호하는 천하제일검객을 꿈꾸었을 뿐인데,
어째서 눈 감았다 떴더니…….

내가 마교 교주가 되어 있냐고!

뭐야, 그럼 내가 죽인 게 마교의 후계자였던 거냐?!
하필이면 운도 없게, 그 상황에 마교 교주는 왜 죽어!

뭐야, 무서워! 싫어, 나 집에 갈래!

나 돌아갈래!!!ㅇㅇㅇㅇ

뿔미디어

B B U L M E D I A F A N T A S Y

권격

강원산 퓨전 무협 소설
-3권 발행 예정-

먼 미래에서 온 미지의 존재.
그의 육체가 고려 최고의 무인집단인 호국관의 파문 관도
한현의 몸으로 재구성되었다!
그는 이전의 기억과 능력을 모두 봉인당한 채 한현으로 살아가고
새로운 힘을 얻어 각성의 날을 앞당기려 한다.
'가온은 세상의 중심. 내 주먹이 가온이며 가온의 힘이 모든 것을 멸하리라!'
밝달선의 무공 '가온(세상의 중심)'을 익힌
한현의 성장은 끝을 모르고 이어지는데…….

"되돌아간다. 반드시 살아서 되돌아간다!"

고려로 되돌아갈 것을 다짐한 한현의 눈앞에 또 다른 미지의 존재가 등장한다.
"아쉬미르! 여기까지 날 쫓아오다니…… 미친 거냐?"
"결국 이렇게 만나는구나, 블랙노바! 널 죽이기 위해서라면 지옥도 못 갈 것 없다!"
친구이자 적이며, 적이자 동료인 두 사내의 악연.
승부를 예측할 수 없는 싸움.
그들의 싸움이 전 무림을 긴장시킨다!
과연 끝까지 살아남는 자는 누가 될 것인가!
두 사내의 피 튀기는 싸움은 광활한 대륙, 중원에서도 끝없이 이어진다.

뿔미디어

BBULMEDIAFANTASY

데몬이터

박승주 퓨전 판타지 소설

-3권 발행 예정-

소중한 것을 잃는 데 얼마나 많은 시간이 걸리는지 아나?
모른다면 내가 가르쳐 주지.

찰나다.

"난 펜서(Fencer)다…….
세상에서 펜서의 검보다 빠른 건 존재치 않아."
암흑으로 뒤덮인 흑광의 검이 이계의 데몬을 찢어발긴다.
"La Fléche(라 플레슈)!"

마를 멸하는 자
데몬이터(Demon—Eater)
그 전설이 지금 시작된다.

뿔미디어

B B U L M E D I A F A N T A S Y

광풍가도

서현 신무협 장편 소설
-4권 발행 예정-

강호가 뒤집어졌다.

소림사 대환단 스물세 알이 모두 사라진 전대미문의 사건.
강호는 신투라 불리던 신도무영(申盜無影)과 천서도군(天鼠盜君)을
범인으로 지목했다.
만일!
사라진 대환단 스물세 알을 한 사람이 복용한다면!
또한 그가 강호를 피로 물들일 마인이라면!
아연실색(啞然失色)!
강호는 긴장할 수밖에 없었다.

* * *

"왜 대환단을 훔치게 된 것입니까?"
"뭐, 별다른 뜻은 없었지. 친구 놈의 제자와 내 제자가 비무를 하기로 약조했네.
그런데 그놈이 제 놈 제자에게 자환신단을 두 알씩이나 먹였다고 하지 않는가?
내가 어찌 그것을 두고 볼 수 있겠어.
이왕 먹이는 것 소림사 대환단 정도는 먹여야지."
"스물세 알 모두를 먹였단 말씀입니까?"
"어쩌다 보니 그리되었어. 내 제자 놈이 약발 하나는 기가 막히게 받더라고. 클클클."

뿔미디어

불사무적 오마르

초운 퓨전 판타지 소설
-5권 발행 예정-

세 개의 이름을 가진 사나이.
위기와 두려움을 동지로 여기는 사나이.
그가 칼을 빼 들었다!

무림의 열사? 목숨으로 멸망 직전의 무림을 구한다고?
웃기는군. 말도 안 되는 소리 하지 마. 내가 바보인 줄 알아?
이제 다시는 그렇게 살지 않겠어!
본때를 보여 주지. 그리고 내가 어떤 사람인지 가르쳐 주겠어!

분신 옥쇄도, 이계 진입도, 내가 원해서가 아니었지만
이제는 내가 원하는 나의 길을 갈 것이다!

아무도 나를 말릴 수 없다!

뿔미디어

BBULMEDIAFANTASY

나는 마왕이다

최담 퓨전 판타지 소설
-3권 발행 예정-

평범한 행복을 꿈꿨었다.
할머니와 내 동생 지철과 단란하게 살 수 있기만을 바랐다.
그러던 나에게 닥친 믿을 수 없는 사건…….
정신을 차려 보니, 80년의 시간이 흘렀다고 한다.
그럼 할머니는? 내 동생 지철은?

"너…… 넌 마왕이구나! 그런 살의라니.
시…… 신께서 용서하지 않으실 것이다."

조안의 걸음이 멈춰 섰다.
그리고 검을 늘어트리고 환하게 웃었다.

"그래, 난 마왕이다. 죽으면서도 신을 찾는 넌 진정한 성직자이고."
쉭-
조안의 검이 눈부신 호선을 그렸다.
지잉-
조안의 검, 노스텔지어가 가볍게 떨고 있었다.
그리고 엘브리온의 펜던트는 슬픈 빛을 흘리며 울고 있었다.

**"나의 이름은 조안 유크리아드. 너희들이 원한다면……
마왕이 되어 주마."**

뿔미디어